「これは、入れ墨か？　いや、違う……」
青覇は何かの跡をたどるように、瑠音の肌に指先を滑らせる。
（本文より抜粋）

DARIA BUNKO

傲慢な皇子と翡翠の花嫁

秋山みち花

ILLUSTRATION Ciel

ILLUSTRATION
Ciel

CONTENTS

傲慢な皇子と翡翠の花嫁

一

見渡す限り、一面の荒野だった。

目につくところに建物はいっさいない。人や車がとおる道路もない。そこにあるのはとてつもなく大きく感じる真っ青な空と、荒涼とした大地だった。

樹木に覆われているところが少なく、畑や田んぼなどの耕作地もほとんど見えない。黄色っぽい砂礫（されき）交じりの原野が続いているだけだ。

ここは、どこだ？

どうして、ぼくはこんなところに？

事態がまったく把握できずに自問する。

甥（おい）の飛鳥（あすか）を連れて異国の地を訪れた。少し前まで大都会の雑踏の中にいたのだ。誰かにぶつからずにはまともに通りを歩けないほど、人で溢（あふ）れかえっていた。車道は渋滞中の車で隙間（すきま）もないほどだった。車と車の間をうまくすり抜け距離を稼ぐバイク、それをさらに上まわる自転車の群れ。

人々の話し声やクラクションもうるさかった。

なのにその喧噪（けんそう）がきれいさっぱりなくなって、代わりに聞こえてくるのは風の音だ。

　いったい、ここはどこだ？

　自分たちの身に何が起きた？

　いくら自問しても答えが見つからず、白崎瑠音は呆然とその場に立ち尽くすだけだった。

「るねぇ、ここ、どこぉ？」

　舌足らずで可愛らしい声を上げた者が、ぎゅっと瑠音の右手を握ってくる。

　小さな手から伝わる熱で、瑠音ははっと我に返った。

　つぶらな瞳で懸命に見上げてくる幼児は、姉の一人息子。甥っ子の飛鳥だ。三歳になったばかりで、紺色ジャケットに同色の半ズボン、白いシャツに黒の蝶ネクタイという格好だ。

「飛鳥」

　瑠音は腰をかがめて目の高さを合わせ、宥めるように頭を撫でてやった。

　やわらかくふんわりした感触で、瑠音自身も少し落ち着きを取り戻す。

　三歳の甥っ子の前で、大学一年の自分がおたおたするわけにはいかない。

「ここ、どこ？」

「あー、どこだろうね？　お兄ちゃんもちょっとわからない」

　正直に答えたとたん、飛鳥の眼差しが不安げに揺れる。

　瑠音は、内心でしまったと思いながら、慌てて微笑みかけた。

「あのな、お兄ちゃんが一緒だから、何も怖くないぞ？」

「うん、わかった」

飛鳥は握った手にぎゅっと力を入れて、こくりと頷く。

寄せられた絶対的な信頼に、なんとしてでも応えなくてはいけない。

「飛鳥、飛鳥は何が見える？」

「ん、あのね、そらと、でこぼこしたとこ」

返ってきた答えで、瑠音は確信した。

飛鳥の言葉は単純だからこそ、今の状況を的確に表している。この白昼夢は自分ひとりで見ているものではないことが明らかになった。

「やっぱりそうか。お兄ちゃんにも、そう見える。何が起きたのかよくわからないけど、大丈夫。飛鳥のことは、お兄ちゃんが絶対に守ってやるからな」

瑠音は自分自身を奮い立たせるように口にした。

「うん、るねがいっしょなら、あしゅか、こわくない」

日頃「お兄ちゃん」を連発しているにもかかわらず、飛鳥は姉の真似をして瑠音を呼び捨てにする。

「飛鳥はいい子だな」

瑠音はそう呟きながら、心からの笑みを向けた。

本当は不安でたまらないはずだ。でも飛鳥は泣きもせずに必死に我慢している。

しかし、その飛鳥が驚くべきことを言い始めた。

「るねのあたま、へんだよ？　かみのけ、へんないろぉ」

「ん？　髪の毛がどうした？」

「おじーしゃんみたいないろで、ながいの」

飛鳥にそう指摘され、瑠音は何気なく視線を落とした。

そのせつな、心臓がドキンと不穏な音を立てる。

「うわ、なんだこれ？　なんで、色が変わってるんだ？」

自身の格好を見下ろした瑠音は思わず悲鳴を上げた。

細身の自分には絶対に似合わない、黒の礼服を着ていた。そこまではなんの問題もない。でも胸にかかっているのは白銀の髪だった。しかも瑠音の髪はごく普通の長さだったのに、今は腰あたりまで伸びていた。

試しに髪を引っ張ってみると、間違いなく痛みがあって、瑠音は顔をしかめた。

なんだ、これ？

どうなってるんだ？

いきなりわけのわからない事態に陥って、頭がおかしくなりそうだった。

幼い飛鳥を守らなければならないのに、自分のほうが泣いてしまいそうだ。

「あのな、飛鳥。ぼくの格好、すごく変だと思うけど、顔は？　ちゃんとお兄ちゃんだって、わかる？」

問い質すにしても、この内容はどうなのか。

しかし飛鳥は真剣な顔でこくりと頷いた。

「うん、るねのおかお。ちゃんとわかる」

「お、おお、そうか。髪の毛こんなになってるし、ちょっと自信なかったけど、顔が同じならOKだな、うん」

瑠音は自分でも意味不明だと思いつつも、無理やりポジティブに結論づけた。

ここがどこなのか、どうして自分たちはこんな場所にいるのか、何もわからない。

まさか、異世界転移とか？

ふと浮かんだ考えに、瑠音はすぐさま首を左右に振った。

ラノベじゃあるまいし、そんな馬鹿げたことが起きてはかなわない。

「飛鳥、ちょっと荷物の確認するから待っててな」

「うん」

瑠音は背中からリュックを下ろし、中身を確認した。

埒もない考えを吹き飛ばすには、現状把握に努めるのが一番だ。

タブレットとスマートフォン、充電用のもろもろを入れたポーチ、お茶のペットボトル二本、飛鳥の袋入りおやつがふたつとパックジュースがひとつ、飛鳥と自分の分の下着と靴下の替えがひと組ずつ、歯ブラシは大人用と子供用、タオル、ティッシュは普通のやつとウエットタイプの二種、財布とふたり分のパスポート、それと常備薬。

だいたいこんなところだ。把握している内容と変わりない。

それにもうひとつ、大きな翡翠(ひすい)の塊(かたまり)もちゃんとリュックに入っていた。

瑠音はさっそくスマホを手にした。

だが圏外になっていて、自分たちがいる位置はつかめない。

とりあえずほっとしたのは、まだ開封していないペットボトルを持っていたことだ。

コンビニなどありそうもない原野が続いている。人里まで歩くとしたら、食料はともかくとしても、水分補給ができなければ命にかかわることになってしまう。

瑠音はリュックを背負い直し、飛鳥と再び手を繋(つな)いだ。

「飛鳥、向こうまでちょっと歩いてみようか」

「うん」

瑠音が適当に指さすと、飛鳥は素直に応じる。

とにかく、飛鳥だけはなんとしてでも守らなければならない。絶対に守ってみせる。

瑠音は決意を新たに、幼い甥の手を引いて歩き始めた。

しかし、道路でもないところを歩くのは大変だった。スニーカーならまだしも、ふたりとも黒の革靴だ。

いくらも経たないうちに飛鳥の歩調が鈍り、瑠音自身も足に違和感を覚えていた。

けれども、太陽が徐々に傾き始めている。急がないと、荒野のど真ん中で野宿するハメになりそうだ。

「よし、お兄ちゃんがおんぶしてあげるよ」

「うん、おんぶぅ」

やはり疲れていたのか、飛鳥が嬉しげな声を上げる。

瑠音はリュックを背中から胸側に移し、その場で腰を落とした。

背中にしがみついた飛鳥のお尻を支え、気合を入れて立ち上がる。

「よし、行くぞ」

本当は泣きそうだったが、弱ったところなど見せられない。

瑠音は奥歯を噛みしめて、黙々と前進した。

幼児といえど、長距離のおんぶは相当堪える。リュックの加重もあるのでかなりの負担だ。

それでも前へ進むしかないと懸命に歩く。

三十分ほどして、飛鳥が背中からそっと声をかけてきた。

「るねぇ、おなかすいたー」

「あ、ああ、そうだな」

この荒野に来る前に歩いていたのは中国(ちゅうごく)の大都会だ。そこでお昼を食べる店を探していた。

不思議な出来事ですっかり忘れていた空腹感が蘇ってくる。

瑠音は飛鳥を背中から下ろし、リュックからおやつとジュースを取り出した。

「飛鳥、これ食べて。おやつだけど、今はこれしかないから」

「うん」

「あ、っと。手を洗わなきゃ、だな。これでいいか」

瑠音はリュックからウエットティッシュを取り出して、飛鳥の手を拭いてやった。

立ったまま食べさせるのも行儀が悪い。しかし荒野のど真ん中で、テーブルや椅子などあるはずもない。せめて野外用のビニールシートでもあればよかったが、ないものねだりをしても仕方がなかった。

瑠音は、よし、と決意して、地面に直接腰を下ろした。そして、飛鳥を膝の上に乗せてやる。

「これでいいだろ？　袋、自分で剥けるか？」

「うん、だいじょーぶ。むける」

飛鳥はぎこちなく手を動かして、ドライケーキの入った袋を破いた。

「るねは？　はんぶんこ、しゅる？」

「ありがとな。でも、お兄ちゃんはお茶でいいから、全部食べな」

本当は瑠音も空腹だったが、この先のことが心配だ。飛鳥を飢えさせるわけにはいかないので、自分は我慢するしかなかった。

「おいしー」

飛鳥は満足げにもぐもぐと口を動かしている。

「喉に詰まるといけないから、ジュースも飲みな」

「うん」

飛鳥はストローを刺した桃のジュースを、ごくごくと飲んでいた。

瑠音もペットボトルのお茶で喉の渇きを癒やす。

そうして、荒野の真ん中でのおやつタイムを満喫していた時だった。

ふと、遥か前方で、砂煙が上がったのが目についた。

一瞬、砂嵐かと思ったが、風はさほど強くない。もうもうと立つ砂塵は徐々に大きくなり、何かが近づいてきた。

なんとなくいやな予感がして、瑠音はとっさに飛鳥を抱き上げた。

「るね、こんどはだっこ？」

「うん、誰かこっちに来るみたいだから」

砂塵は明らかにこちらへと向かっていた。

オフロードの車なら大歓迎だ。事情を説明して助けを乞うこともできる。けれども、見る見るうちに距離を縮めてきたのは車ではなく、馬に乗った男たちだった。

蓬髪に髭面の男が十人ほど。革の胸当てをつけた異様な格好で、しかも斧や剣といった武器を手にしている。まるで中国あたりの時代劇に出てくる悪党といった雰囲気で、コスプレーヤーとも思えない。

「おお、遠目で何かいると思って来てみれば、護衛もなしの旅人かい」

「お頭、大当たりですね。これなら大金で売れそうです」

厳つい顔の男たちは、下卑た笑みを浮かべながら、馬から飛び下りる。

取り囲まれたあげく、いきなり剣の先を突きつけられて、瑠音は瞬時に凍りついた。

「おい、おまえら。抵抗するなよ。逆らったら、腕か足を斬り飛ばすぞ」

「！」

瑠音は思わず息をのんだ。

助けを求めるどころではない。いきなり命の危険にさらされたのだ。

逃げ場を探して目を彷徨わせても、どうしようもない。瑠音は恐怖に震えながらも、飛鳥をぎゅっと抱きしめた。

「おい、もっとよく顔を見せろや。この髪色は珍しいな。西方の血でも入っているのか？　見事なものだ」

お頭と呼ばれた男が、いきなり瑠音に手を伸ばしてくる。

逃げる暇もなく顎をつかまれて、まじまじと顔を覗き込まれた。

「は、離してください……っ」

辛うじて声を絞り出したが、情けないことにがたがた震えてしまう。

「おまえは、もしかして男か？　だが、なかなかの上玉だ。売り飛ばす前に、味見ぐらいしてやってもいいな」

「お頭、俺らにもまわしてくださいよ」

男たちは大声で笑い出す。

あまりにもひどい言葉に、瑠音は懸命に首領を睨んだ。

しかし男は応えたふうもなく、今度は飛鳥へと手を伸ばす。

「こっちの餓鬼はどうだ？」

「飛鳥に触るな！」

瑠音は声を張り上げると同時、反射的に男の手を振り払った。

瑠音の拳は勢いのまま、偶然にも男の頬を掠める。

「痛っ、何しやがる？　この糞餓鬼があ！」

怒った男は、恐ろしい形相で大剣を振りかざした。

「ま、待って！　飛鳥だけは！　飛鳥だけは助けてください！」

「うわーん、るねぇ」

瑠音の必死の叫びに驚いて、胸に顔を伏せていた飛鳥が泣き出す。

「うるせぇ！」

頭は恐ろしい形相で大剣をさらに振りかぶった。

「駄目っ！　飛鳥！」

瑠音は飛鳥を腕の中に庇いながら、がばっと身を伏せた。

飛鳥の命だけは、なんとしても守らなければ！

だが、覚悟した痛みは感じなかった。

「お頭、まずいです！　昂の黒龍軍が！」

「何っ？　くそっ、いつの間にここまで！」

「ええい、返り討ちだ！　黒龍だろうが関係ない。返り討ちだ！」

瑠音は蹲ったままで、盗賊たちの怒声を聞いていた。

いくらも経たないうちに、そこら中で金属をぶつけ合っているような大きな音がし始める。

何が起きているのかわからなかった。瑠音はただ、飛鳥が傷つけられないように、自分の身体で庇っているしかなかった。

ややあって、激しい金属音がやみ、苦しげな呻き声が聞こえてくるだけになる。

「大丈夫か？　どこか、やられたのか？」

ふいに頭上から張りのある声が響き、瑠音はようやく顔を上げた。

「あ……っ」

長身の男がすぐ近くで、こちらを覗き込んでいた。

年齢は二十代後半といったところだろうか。黒と銀の革鎧(かわよろい)に、膝まで届く長さのマントをつけていた。腰に巻いたベルトに、凝った鞘(さや)に収めた大剣を佩(は)いている。明らかな軍装だが、全体の装飾が凝っていて非常にきらびやかだ。

男は兜(かぶと)を被っておらず、間近にあった美しい顔に、何故(なぜ)かドキンと心臓が高鳴った。

長い黒髪は一部を複雑な形の髷(まげ)に結い上げ、あとは背中に流してある。髷には金や翡翠の棒状の簪(かんざし)を何本か挿(さ)してあって、さらにマリンブルーの長いリボンが巻きつけてあった。

他にも耳や額(ひたい)にも飾りをつけていて、まるでゲームキャラの主役のように派手な格好だ。でもはっと息をのむほど整った顔立ちのお陰で、少しも奇異には感じなかった。

輪郭がシャープで、鼻筋がすっととおっている。口元も引きしまり、澄みきった青い瞳に吸い込まれてしまいそうになる。

どこにも難のつけようがない美貌(びぼう)だけれど、女性的な要素はいっさいない。あくまで男らしい精悍(せいかん)さがあって、こんな状況だというのに、瑠音はしばしぼうっと見惚(みほ)れてしまった。

「怪我はないか?」

美貌の男は、訝(いぶか)しげに目を細めながら訊(たず)ねてきた。

その時になって、瑠音はようやく危ないところを助けてもらったことに気づき、安堵(あんど)のあまり涙ぐみそうになった。

美貌の男は辛抱強く、瑠音が答えるのを待っている。

「あ、はい。大丈夫です。あ、あの……ありがとうございました」

ぎこちなく礼を言うと、男は口元をゆるめる。

整った顔に広がる笑みを見て、再び心臓がドキドキと音を立てた。

「盗賊はすべて片付けたから、もう心配はない。立てるか？」

「はい……」

そう言って立ち上がろうとしたが、足にはまったく力が入らなかった。おまけに飛鳥を抱いたままなので、大きくよろけてしまう。

「危ないぞ」

男はさっと瑠音の身体を支えて、立たせてくれる。

瑠音は恥ずかしさのあまり、真っ赤になった。

「その子も大丈夫か？」

「だ、大丈夫です」

そう答えたものの、次の瞬間、瑠音は思わず顔をしかめた。

鼻先につんと漂ってきたのは、鉄臭い匂いだ。

はっと気づくと、後ろには大勢の騎馬兵っぽい男たちが揃っており、地面には血を流して倒れている盗賊たちの姿があった。

「あ、あれ……まさか、あの人たち……し、死んで……」

瑠音はあまりの凄惨さに、ぞっと背筋を震わせた。

しかし美貌の男は、平然としたままで答える。

「我が軍は精鋭揃い。討ち漏らしはないだろう。安心するがいい」

瑠音は信じられずに目を見開いた。

いくら盗賊でも、こんなに簡単に殺していいのか？

まわりにいる男たちも、皆が時代がかった軍装姿で、これが現実に起きていることとは信じられなかった。

「るねぇ」

胸に抱いた飛鳥が小さく声を上げる。

「飛鳥は見ちゃ駄目だ。目を瞑ってて」

瑠音はさらにしっかりと飛鳥を抱きしめた。

いくらなんでも、幼い子供にこんな光景は見せられない。

「とにかく、おまえたちを保護しよう。ついてくるがいい」

「あ、あの……ありがとう、ございます」

瑠音は辛うじて答えたが、恐ろしさはなくならなかった。

命を助けられたにもかかわらず、美貌の男に本能的な恐怖を感じる。

でも、この人についていくしかないだろう。

このまま荒野を彷徨っていても、飛鳥とふたりだけで人里にたどり着けるという保証はない。いきなり盗賊を討伐（とうばつ）してしまうような恐ろしい人たちだが、他に選択肢はなかった。

突然、見知らぬ世界に立っていた瑠音と飛鳥は、こうして長身の男の馬に乗せられて、凄惨な現場から移動することになったのだ。

二

瑠音と飛鳥が連れてこられたのは、軍の野営地のような場所だった。

大きな天幕が何十、何百と設営されており、篝火(かがりび)が焚(た)かれた中で、武装した男たちが忙しそうにそこらを歩き回っている。

なんだろう、これは？

超大作映画の撮影でもやっているのか？

もしかして、先ほどの討伐シーンも、そのためのものだった？

そんなことを思った瑠音だが、よくよく見てみると、おかしな点が多い。

撮影隊だとすれば、機材や車両などもたくさんあるはずだ。なのに、そんなものはいっさい見えない。それどころか、電源を使うような道具類もないのだ。

「項羽(こうう)と劉邦(りゅうほう)」とか「三国志(さんごくし)」とかの歴史映画を撮影しているのではなく、まるで、本当にタイムスリップでもしたかのような雰囲気だ。

「あとで少し話を聞きたい。ひとまず天幕で休んでいろ」

「あ、はい。すみません」

飛鳥を抱いた瑠音は、長身の男の手で、馬の背から下ろされた。

他の武装兵に比べ、巨漢というほどでもないのに、ものすごい膂力だ。

「この者たちを俺の天幕へ案内しろ。食事も与えておけ」

「はっ、かしこまりました!」

長身の男は近くにいた部下に命じて、その場から離れていく。

彼がこのグループでは一番のポジションなのか、まわりにいる者たちは、きびきびと命令に従った。

天幕は数多く立っていたが、中でも一番大きいものに案内される。

中に入ってみて、瑠音は驚きで目を見開いた。内部は衝立と天井から吊るされた布で、いくつかのスペースに区切られていた。そのひとつの部屋がたっぷり十畳ほど。瑠音が借りているアパートより広いとは驚きだ。

「ここで待っていろ。他の場所を覗いたりするな。いいな?」

案内の男は厳つい顔で、脅すように命じる。

「は、はい」

瑠音はびくつきながらも頷いた。

足下には分厚い絨毯が敷きつめられていた。カラフルなクッションを載せた座椅子と低いテーブルも用意されている。そして、中央の丸い柱に、油を使う簡単な灯りが吊るされていた。

やはり、何もかも時代がかっている。

案内の男が姿を消し、ふたりきりになる。

座椅子に並んで座ると、飛鳥は不安げな声を上げた。

「るねぇ、ここどこ？」

「今日はここに泊めてもらうんだよ？　すごく大きなテントだろ？」

「てんと？」

「うん、ここはテントの中なんだ。きっとキャンプしてるみたいで楽しいぞ」

「きゃんぷ……」

飛鳥の声が細くなり、瑠音ははっとなった。

つぶらな瞳に涙が盛り上がっている。

「ごめん、飛鳥。思い出しちゃったんだね」

瑠音は自分の心配を深く後悔しながら、飛鳥を抱きしめた。

「ままぁ……ぱぱ……」

飛鳥は泣き声を上げながら、しがみついてくる。

もうママもパパもいないんだよ？　天国に行ってしまったんだ。

何度かそう教えたけれど、飛鳥が理解しているとは思えない。

瑠音は否応なく、ここに来るまでの数日間の出来事を思い出す。

――瑠音、お願い！　飛鳥を一週間ほど預かって。ダンナと中国へ買い付けに行くのよ。

姉からそんな連絡があり、瑠音は気軽に引き受けた。

瑠音は早くに母親を癌（がん）で亡くしている。父も心臓の持病があって三年前に他界した。姉の雪音（ゆきね）とは七歳違い。だから両親が亡くなってから、姉にはよく面倒を見てもらった。

瑠音は甥が大好きだったので、煩（わずら）わしいなどとは思わなかった。しばらく独（ひと）り占（じ）めできることを喜んだほどだ。

保育園へ送り迎えするだけなので、大学の講義にもたいして影響はない。

姉は夫とともに、輸入雑貨の小さな店を開いており、ふたり一緒に海外までよく買い付けに出かけていた。そのたびに飛鳥を預かるのは瑠音の役目となっていたのだ。

しかし数日で帰国するはずの姉たちは、小型機の墜落に遭い、二度と帰ってこなかった。

大使館経由で突然訃報が届き、瑠音は飛鳥を連れて急いで現地に向かったのだ。現場に残されていたのは、見る影もない遺体だった。損傷が激しく、飛鳥にはとても見せられない状態で、それでもふたりとも顔だけは奇跡的にきれいだった。

姉の夫、冴木（さえき）氏も天涯孤独な人で、日本に帰国して葬儀を行ったとしても、ほとんど参列者はいない。なので、現地で簡単な葬儀を執り行ってもらったのだ。

飛鳥には、ママとパパは遠いところに行ったんだよと教えた。飛鳥は何故か、泣き喚（わめ）きもせず、ずっといい子にしている。

だからよけいに不憫（ふびん）だった。

瑠音はため息をついて、大切な甥を抱きしめるだけだった。

しばらくして、案内の男とは別の兵が、食べ物を持って天幕に入ってくる。

「これを食べろ」

「ありがとうございます」

瑠音は礼を言って、渡された木製の盆を受け取った。

けれども、さっと料理が盛られた木皿を見て、慌てて帰りかけていた男を引き留めた。

「あの、すみません。子供がいるので、もう少し食べやすそうなものをいただけませんか？　お手数をおかけして申し訳ないのですが、小さい子には、このお肉、無理だと思うんです。本当に申し訳ないんですが」

瑠音は遠慮しつつも、飛鳥のためにやや強引に頼み込んだ。

皿の上にはいかにも硬そうな、大きな肉の塊が載っているだけだったのだ。

せめて食べやすいスープでもあればと思ったのだが、食事を運んできた男の顔は最悪になる。

「いったい、何様のつもりだ？　平民のくせに、青覇様に拾われたことで図に乗るな！」

激しく罵倒され、瑠音はびくりとすくんだ。

飛鳥が泣きそうになっていて、焦りを覚える。

「申し訳ありません。偉そうにするつもりはなかったのです。でも、子供には硬いお肉は無理です。それで、本当に申し訳ないのですが、他に何か」

「黙れ！」

怒鳴り声を上げた男に、瑠音はぎくりとなった。

飛鳥を抱き寄せ、どうやってこの場を切り抜ければいいか、必死に考える。

けれども事態はさらに悪くなる一方だった。

「まったく、青覇様もどうかしておられる。こんな怪しい風体の者を野営地に引き入れられるとは。おい、おまえは何が目的でここに入り込んだ？　言え！　何か隠しているんだろう？」

男の怒りは別の疑念まで呼び起こしてしまったようで、あらぬ嫌疑までかけられたのだ。

男は瑠音のすぐそばまでやって来て、リュックを取り上げる。

「これはなんだ？　おかしな袋だが、何を入れている？」

「あ、それはリュックです。別におかしな物は入ってません」

瑠音は懸命に説明したが、男の疑いが晴れることはなかった。

「中身を見せろ」

「はい」

横柄に命じられ、瑠音は仕方なく飛鳥から手を離してリュックのファスナーを開けた。

男は不信感丸出しといった感じで、その様子を虎視（こし）している。

瑠音はこれ以上男を怒らせないように、慎重に中身を取り出した。

タブレットやスマホ、お茶のペットボトルなどを見て、男は驚愕（きょうがく）する。

「な、なんだ、これは？」

「タブレットと、こっちはお茶です」

瑠音のほうも、男の反応が不思議で仕方がなかった。

そして、最後に姉の遺品の翡翠を取り出した時、男は今まで以上の怒りを見せた。

「貴様！　どうして貴様がこれを持っている？　誰かから盗んだのか？　正直に言え！」

「ま、待ってください。これは姉の遺品です。事故で亡くなった時に持っていたもので」

「いい加減なことを言うな！　こ、これは……この翡翠は……、いや、まさか……。だいたい、おまえみたいな奴がどうしてこんなものを？　と、とにかく、青覇様に報告しなくては！」

男は何故か蒼白になり、翡翠を持ったまま天幕を駆け出していく。

「あの翡翠がなんだっていうんだろう」

瑠音はため息交じりに呟いた。

ともかく、飛鳥に暴力を振るわれなくてよかったと安堵したけれど、今度は別の問題が持ち上がったようだ。

翡翠はもともと一片が十センチほどの立方体だったのだろう。それが斜めに、真っ二つに割れたような形だった。それでも翡翠の色は非常に美しく、その大きさからも相当な価値があると思う。

しかし、男が示した極端な反応にはそれ以上の何かがありそうだ。

姉は飛鳥の様子を聞くために毎日電話してきた。

そして興奮気味に話していたことを思い出す。

——すごいもの、見つけちゃったのよ。歴史的な価値があると思うの。ほんとにすごいんだから！

姉は趣味の範囲だが、考古学に興味を持っていた。そして姉が見つけたというのが、あの翡翠なのだろう。

亡くなった時、あの翡翠をしっかり手に持っていたという話だったから。

「るねぇ、おなかすいたー」

飛鳥にそう声をかけられて、瑠音ははっと我に返った。

「ごめんな、飛鳥。ご飯、もう少し待ってて。おじさんが戻ってきたら、もう一回飛鳥のご飯を頼んでみるから」

「うん、わかった」

何があっても飛鳥を守ると誓ったけれど、本当に不安で仕方がない。

そして瑠音は今になって唐突に、男たちが日本語を話していたことに気づかされた。

中国の大都会にいたのだ。だから、ここも中国のどこかだと思っていた。それなのに、どうして日本語が通じているのだろう？

やはり、異世界に飛ばされてしまったのだろうか？

ひたひたと、さらに不安が押し寄せてきて、瑠音はかぶりを振った。

その時、さっと天幕の帳が開けられて、あの長身の男が姿を見せる。

「この翡翠、おまえが持っていたと聞いたが、本当か？」

美貌の男はそう問いかけながら、こちらへと歩いてきた。

「青覇様、この者が盗んだに相違ございません」

瑠音から翡翠を取り上げた男が、横から口を出す。

青覇と呼ばれた男は、うるさげに手を振って、部下を下がらせた。

そして、瑠音と飛鳥の向かい側の椅子に、さっと腰を下ろす。

「話を聞こう。この翡翠、どこで手に入れた？」

青覇は真っ直ぐに見つめてくる。

瑠音はこくりと喉を上下させて、事情を説明した。

「その翡翠は姉の形見です。この子の母親で、事故に遭って亡くなりました。発見された時手に持っていたものだそうです」

「その子供の母親が翡翠を？」

「はい」

探るような眼差しを向けられるが、嘘はついていない。

「それで？　おまえたちは何故あんな場所にいた？　盗賊に襲われる前はどこにいた？」

「信じられないかもしれませんが、ぼくたちは突然、あの場所に立っていたのです。どこにも家が見えなくて、スマホも使えませんでした」

「スマホ？」

「はい。圏外になってて……だから仕方なく、飛鳥を連れて歩きました。途中で休憩していた時に、あの男たちがやって来たんです」

話している最中に、盗賊たちが血まみれになっていたのを思い出す。

瑠音は気分が悪くなるのを堪え、真剣に訊ねた。

「ここはどこなんでしょう？　もし中国のどこかなら、大使館に連絡を取っていただけませんか？　ぼくたちは日本からの旅行者です。パスポートもちゃんと持ってます。賑やかな通りを歩いてたんです。何かがピカッと光って、それで気がついたら何もない荒野に立ってて……」

「おまえが何を言っているのか理解できない。この野営地は黄土高原。昂国の西の外れだ。俺は崔青覇。この軍を束ねている」

「昂国……？　崔、青覇……様？」

瑠音は小さく呟いた。

「そうだ。それが俺の名だ。そして、ここは昂国の西の外れ」

「それじゃ、ここは中国じゃないんですか？」

「先ほどからおかしなことばかり口にする。昂国は中華の大地を統べる大国だ。しかし、中国というのは知らんな」

あっさり否定されて、瑠音は泣きそうになった。

そして中国を知らないという男は、明らかに日本語をしゃべっている。

こんなおかしなことはあるはずがない。

やっぱり自分たちは、異世界に飛ばされたんだ。

ここは自分が知っている世界じゃないのだろう。

そんなおかしなことは認めたくなくて、ずっと気づかない振りをしていた。でも、薄々わかっていたのだ。

何もかもが、今までとはあまりにも違いすぎる。

でも、気づきたくなかった。

異世界などに飛ばされて、これからいったいどうすればいいんだ？

飛鳥をどうすれば守ってやれるんだ？

のしかかる重圧で、気が遠くなりそうだった。

瑠音の不安が伝わったのか、飛鳥がぎゅっと手を握ってくる。

瑠音は青覇から小さな飛鳥へと視線を移し、無理やり頬をゆるめた。

「お兄ちゃんが一緒だからね」

安心させるように言ってやると、飛鳥が健気(けなげ)に頷く。

瑠音はひとつ息をついて、再び青覇へと視線を向けた。

「お願いがあります」

「なんだ？」

「ぼくたちを庇護していただけませんか？」

「どういうことだ？」

青覇は訝しげに眉根を寄せる。

「ぼくたちはこの世界で迷子になったようなのです。ぼくはともかくとしても、幼い飛鳥には助けが必要です。他に誰も知りません。ですから、どうか、飛鳥を助けてやっていただけませんか？」

瑠音は真摯に頼み込んだ。

だが、青覇から返ってきたのは、思いもしない言葉だった。

「無理だな。おまえたちには、いや、その者はまだ幼いゆえ、除外するとしても、おまえには玉璽を盗んだ疑いがかけられている。相応の処罰を与えるのが筋だ」

「玉璽を盗んだ？」

なんのことかわからず、瑠音は呆然と訊ね返した。

「おまえが所持していたこの翡翠……。これの価値を知らなかったとでも言うのか？」

青覇の口調は何故か、投げやりにも聞こえた。

だが翡翠を持っていただけで、盗んだと疑われてはたまらない。

「先ほども言いました。その翡翠はぼくの姉の遺品です。どうして盗んだなどと言えるのですか？　翡翠なら、よく似たものが他にもあるのではないですか？」

「無惨に割れているが、これほど美しい色で、しかもこの大きさ。これは唯一無二の玉だ。それゆえ国の玉璽となった。おまえが持っているのは、これだけか？　もうひとつの割れた翡翠はどうした？」

「もうひとつの翡翠？　そんなの知りません」

瑠音は必死に首を左右に振った。

「昨年、皇帝が弑逆（しぎゃく）された。国軍のほとんどが出払っている隙に、皇城を襲って陛下を弑逆した。この翡翠はその時、持ち出されたものに相違ない。おまえが自分のものではないと言い張っても、許されることではない。玉璽を損壊した罪。盗み出した罪。それだけではなく、おまえの姉が皇帝の弑逆に関係しているなら、その罪は当然、九族に及ぶ。幼い子供とて、処罰をまぬかれることはできぬ。というわけで、おまえがいくら庇護を願っても立場は変わらない」

青覇は冷徹に言い捨てる。

話が頭に入ると同時に、瑠音は蒼白（そうはく）になった。

いくらなんでも、これは冤罪（えんざい）だ。盗んでもいないのに、疑わしいというだけで処罰の対象になるのはひどすぎる。

しかも、まだ小さい飛鳥まで！

瑠音はたまらず、青覇の前で両膝をついた。

「お、お願いです！　助けてください！　飛鳥だけでも、どうか、お願いです。ぼくたちは翡翠なんて盗んでません！　まして皇帝の弑逆に関係してたなんて、とんでもない話です。お願いです！　ぼくにできることなら、なんでもします。ぼくはどうなってもいい。だから、飛鳥だけはどうか、飛鳥だけは助けてください！　お願いです！」

瑠音は男の前で両手をつき、涙ながらに訴えた。

助けを求めるとしたら、この男しかいない。

だから、必死に言葉を尽くした。

「本当に、なんでもします。だから、どうか、飛鳥だけは……っ！」

嗚咽（おえつ）交じりの声で、懸命に願っていると、冷たいオーラをまとっていた男の雰囲気が、すうっとやわらぐ。

青覇は長い腕を伸ばし、瑠音の頬に触れてきた。

「そんなに甥が大事か？」

「はい、大事です。ぼくにはもう飛鳥しか肉親がいないし、飛鳥も両親を喪（うしな）って、親族はぼくだけになりました。ですから飛鳥のためなら、なんでもします」

「それなら、ひとつだけ方法がある」

「え？」

青覇は何故か、じっと見つめてくる。

青い瞳に呪縛されたように、視線をそらせなくなった。

青覇は何も言わず、長い時間をかけて瑠音を見ていたが、やがて、ふっと口元を綻ばせる。

「健気なものだ。いいだろう。おまえにその気があるなら、ひとつだけ逃れる方法がある」

「何を……何をすればいいですか？」

「俺のものになればいい」

何を言われたのかわからず、瑠音は首を傾げた。

「おまえが男でもかまわん。その容姿なら充分だ。おまえは俺の愛妾になれ。崔青覇の身内となれば、おいそれと罪に落とすことはできなくなる。ただの平民なら即刻死罪。いや、拷問したうえで磔か、あるいは車裂き。しかし崔家の者となれば、確たる証拠を提示しない限り、罪には問えない」

「ひどい差別ですね……。でも、ぼくをあなたの愛妾にするなどと、そんなことができるのですか？」

瑠音は眉をひそめて問い返した。

「簡単だ。おまえを抱けば、それで済む」

「そんなこと……っ」

瑠音は思わず真っ赤になった。

この男は、ただの方便ではなく、本気で自分を抱く気なのだ。

今までにも同性からアプローチを受けたことはあるが、こんなあからさまな言い方はない。

それに、瑠音自身も男を好きになるという性癖は持ち合わせていなかった。

顔を赤くしたまま睨んでいると、青覇は突然、くくくっと笑い出す。

「怒った顔もなかなかだ。だが強制はしない。おまえが自分で決めろ」

青覇は突き放すように言う。

長々と迷っている暇はなかった。

理不尽な疑いをかけられて、退路は最初から断たれている。

まして瑠音はこの異世界で孤立無援。それでも、なんとしてでも飛鳥を守らなければならないのだ。

瑠音は強く青覇を睨みつけ、それからおもむろに返答した。

「そのお話、お受けします」

「ほお、受けるか？」

青覇は面白そうに吐き捨てる。

「でも、お受けするには条件があります」

「いいぞ。言ってみろ」

「飛鳥のことは絶対に守ってください。ほんの少しでも飛鳥を傷つけるようなことがあったら、絶対に許さない」

「おまえは見かけによらず、強気だな。いいぞ。ますます気に入った。これから、おまえは俺の愛妾だ。そしてこれは、契約の印」

青覇はそう言って、すっと瑠音の両頬を手で挟んだ。

何をする気かと思った時には、いきなり唇が塞がれる。

「んんっ」

あまりに突然で、拒否する暇はなかった。

青覇は隙をついて瑠音の口中に舌を滑り込ませてくる。

「ん、ぅ……、くふ……んぅ」

瑠音は必死に逃げようとしたが、青覇はしっかりと抱きすくめてくる。

そして、口づけがますます激しくなり、隅々まで貪られた。

何故か、身体の芯が熱くなり、頭までぼうっとしてくる。

そして唐突に口づけを解かれ、瑠音は激しく肩を上下させた。

「は、っ、……は、……」

幼い飛鳥の前でいきなり口づけられたことを抗議したくとも、声がまともに出てこなかった。

「このままおまえを抱いてもいいが、今は我慢しておこう。配下の者たちも結果を知りたがっているだろうしな。おまえはこの天幕を使え。軍議が終わったら、また来る」

青覇はなんでもないように言って、すっと席を立つ。

瑠音は気持ちを整理するのに必死なのに、青覇はあくまで自然体。悔しさが込み上げたが、まだ動悸がしている状態では、どうしようもなかった。

青覇が天幕から出ていきかけた時、瑠音はようやく我に返って声を張り上げた。

「飛鳥に何か温かい食事を用意させてください。硬いお肉はまだ食べられません。小さい子供が食べても大丈夫なように、何かやわらかいものをお願いします」

瑠音の言葉を聞いた青覇は、虚を突かれたように振り返る。

そして、再びくくくっと笑いながら、天幕を出ていった。

†

「飛鳥、美味しい？」

「うん、おいしー」

そう言った飛鳥は、木製のスプーンで熱心にお粥をすくっている。

崔青覇が去ってすぐに、先ほどとは違う食事が運ばれてきた。注文どおり幼い飛鳥でも食べられる温かいお粥だ。

瑠音は頼みを聞いてくれたことに感謝しながら、自分もお粥を口に運んだ。

細長く赤い色の米を使ったものだが、具材からの出汁が効いていて美味しかった。

「もうお腹いっぱいになった？」

「うん。おなかいっぱい」

満足した飛鳥は、くわぁっと欠伸をする。

お風呂は無理だろう。とりあえずトイレ。それから寝かせるしかない。

トイレの場所を訊ねると、隣の仕切りにある素焼きの壷を示された。

瑠音は内心で、うへぇと思ったが、文句を言っても仕方がない。飛鳥をなんとか言いくるめて、そこでトイレを済ませた。

「子供はこっちに寝かせろ」

「はい」

世話役の男は飾りのないグレーの着物を着ている。色白のふっくらとした顔で髭などもなく、どことなく仕草が女性的な気がした。

もしかしたら宦官かもしれないと思いつく。

案内された区画には寝具が用意されていた。だが、子供用の夜着の用意はないというので、ジャケットとズボンを脱がせただけで寝かせる。

「るねぇ、ねむねむ」

「うん、ぼくはここにいるから、安心してねんねしていいよ？」

分厚い布をかけた上からそっと叩(たた)いてやると、飛鳥はすぐに寝息を立て始めた。

いきなり異世界に飛んできたのにほとんど手がかからなくて、瑠音はほっと息をつく。

できるだけのことはしてやりたいけれど、どうなるかわからない。

しかし、瑠音はすぐに宦官風の男に呼ばれた。

「子供が寝たなら、おまえの支度だ」

「え？」

きょとんとなると、男は顔をしかめる。

「その形(なり)で夜伽(よとぎ)をさせるわけにはいかない」

「！」

忘れていたわけではないが、夜伽という生々しい言葉に瑠音は青くなった。

高校生の頃、同級生の女子と軽いつき合いはしたことがある。でも、キスだってしたことがなかったのに、いきなり男の相手をするのは、どう考えてもハードルが高い。

でも、飛鳥の庇護を継続してもらうためにも、逃げ出すことはできなかった。

世話係の男に導かれて衝立の向こうに行くと、いつの間に用意されていたのか、お湯を張った大きな盥(たらい)が置いてあった。

こんなことなら、飛鳥にも行水(ぎょうずい)をさせたかった。

そんな考えが浮かんだ。でも、身体をきれいにするのは、夜伽の準備なのだ。

「あ、あの自分でできますから」

男が席を外そうとしないので、瑠音は焦り気味に言った。

「では、終わったら声をかけろ」

男が出ていったあと、瑠音は手早く礼服を脱いでお湯に浸かった。何かバスオイルみたいなものが入っているようで、いい匂いがする。

簡単に身体を洗い終えると、計ったかのようにグレーの朝服（ちょうふく）の男が戻ってきた。

「これを着るように」

「わかり、ました」

瑠音は差し出された着物一式を受け取った。

「着方はわかるだろうな？」

「たぶん、大丈夫だと思います」

自信はなかったが、日本の着物と同じ雰囲気だろう。

夜用のものなのか、下に着る分は薄い生地で、上に重ねるものは真っ白だった。それに紅の細い帯を結ぶ。

男は次に、瑠音を小さな椅子に座らせ、長い髪を櫛（くし）で梳（と）かし始めた。

「このように不吉な色は見たことがない。青覇様も物好きな……」

ぼそりと呟かれた言葉で、瑠音は改めて髪の色が変わっていたことを思い出した。

今までとは長さも違う。

その長い髪を、男は器用に結い上げていく。全部アップにするのではなく、少しずつ分けて複雑に編み込み、残りはそのまま腰まで流すスタイルだ。

仕上げで金と銀で作られた簪を挿し、帯と同色の長いリボンも巻かれた。

男は出来映えを確認してから、瑠音を次の間へと連れていく。

龍の絵が描かれた衝立の向こうには、大きな寝台が置いてあった。

「そこで待っていろ。間もなくお見えになる。粗相をするでないぞ」

男は冷たく命じて、部屋から出ていった。

足下には真っ赤な敷物が敷かれており、瑠音はとりあえず座ったが、緊張で身体が小刻みに震えてしまう。

いきなり異世界に飛ばされて、まさか男に抱かれることになろうとは、想像さえしなかった。

逃げ出したい気持ちをなんとか堪えているのは、飛鳥がいるからだ。幼くして両親を喪った飛鳥は、自分が守るしかない。

しばらくして、ばさりと帳が払われ、いよいよあの崔青覇が姿を現す。

鎧はすでに脱いでおり、青覇は水色に白を重ねた着物を着ていた。

燭台の灯りに照らされた美貌に、瑠音は一瞬見惚れてしまう。

「待たせたな」

青覇はいきなり瑠音の手を取って、寝台の上に誘う。

「本当にぼくを抱く気ですか？　ぼくは男……なんですけど」

寝台に座らされた瑠音は、最後の抵抗とばかりに言ってみた。

「ああ、おまえの身分を保障するためには必要なことだ」

「でも、ぼくはきれいな女の人っていうわけでもないし、本当にこんなことまでしなくても」

「謙遜(けんそん)しているのか？　おまえは充分そそる顔をしている。俺の夜伽を務めさせるにも、不足はない。おまえが初めてだと言うなら、それなりに手加減もしてやろう」

さらりと言い切られ、瑠音は話の接(つ)ぎ穂(ほ)を失った。

青覇にはまったく躊躇(ためら)いがない。無造作に瑠音の肩を抱き寄せてくる。首筋を軽く舐(な)められて、瑠音は思わず息をのんだ。

「あ、……んっ」

必死に押し返そうとするが、腕の力はゆるまない。

そのまま、寝台の上に押し倒されて、いよいよ逃げ場がなくなった。

「おまえを傷つけるつもりはない。だから怯(おび)えるな」

「そ、そんなこと言われても……っ」

懸命に言い返すと、青覇は面白そうに口元をゆるめた。

青い瞳で真っ直ぐに見つめられ、何故か自然と頬が熱くなる。

「何も知らないなら、おまえに快楽というものを教えてやろう」

青覇の言葉に、瑠音はかえって恐れをなした。

飛鳥のために、この身を犠牲にすることなど厭わない。これは暴力だ。だから、じっと堪え忍んでいればいいと思っていた。

これ以上、青覇のペースに巻き込まれるわけにはいかない。

「そんなの、いらない……っ。これは契約なんだろ？ あなたに身体を許せば、ぼくたちの立場を保障してくれるっていう。だから、好きなようにすればいいよ。でも、ぼくがこういうことを望んでしてるって思わないでほしい。あ、あなたのことなんて、なんとも思っていない。ぼくにとっては、この行為は暴力以外の何ものでもないから……っ」

瑠音は悔しさのあまり、そう吐き捨てた。

けれども青覇は、よけい面白がっているように目を細める。

「元気がよくてけっこうだ。人形のように言いなりでは、抱いた気がせぬからな」

青覇は余裕の笑みを浮かべ、手を伸ばしてくる。

意味ありげにゆっくりと髪や頬をなぞられて、瑠音は小刻みに震えた。

夜着の合わせに手がかかった時は、思わず息をのんでしまう。

「んっ」

「そう緊張するな」

「そんなこと言われても、ああっ」

夜着を簡単に開かれて、瑠音はさらに余裕をなくした。

「きれいな肌をしている」

青覇はそう言いながら、さらされた素肌に掌(てのひら)を這(は)わせてくる。

その手が乳首を掠めた時、思わぬ刺激が走り抜けた。

「あっ、あ……くっ」

必死に声を噛み殺したが、心臓の音が鳴りやまない。

青覇に触れられると、何故か肌が粟立(あわだ)っていく気がする。

そして、とうとう過敏になった乳首を指で摘まれた。

「や、やめ……っ」

瑠音は思わず声を上げ、青覇の手を振り払った。

「これぐらいで、なんだ？　覚悟を決めたのではなかったのか？」

嘲(あざけ)るように言われ、瑠音は悔しさで唇を噛みしめた。

すると青覇が、わざわざその唇のラインを指先でたどる。

「か、覚悟はしてる。す、好きにしていい」

「だったら、唇を噛みしめるな。しかし、そうだな。言っても無理なら、こうするか」

青覇はそう言って、いきなり顎をとらえて、きれいな顔を伏せてきた。

「え、やっ……んんっ、ふ……、く……っ」

いきなり唇を塞がれた。

それだけではなく、深く舌が挿し込まれ、縦横に絡められた。

根元からきつく吸われると、何故か身体の芯が疼いてくる。

「んぅ……うぅ」

息が苦しく、霞がかかったように頭が白くなるまで貪られたあと、青覇はようやく口づけをほどいた。

「甘い唇だ……」

何を言われても、答えるどころではなかった。

こんなキスは初めてで、息を整えるのが精一杯だった。

けれども青覇は満足げに目を細め、はだけられた胸を目がけて顔を伏せてくる。

狙われたのは胸の尖りだった。先ほどほんの少し触れられただけで、そこが疼いていた。

それを、ちゅくっと口中に含まれる。

とたんに、身体の芯まで突き抜けるような刺激に襲われ、瑠音は恐ろしさでいっぱいになった。

好きでもない赤の他人と肌を合わせて、自分がこんな反応をするとは信じられなかった。

「ああっ」

ねっとり味わうように舌を這わされたあと、小さな先端をそっと吸い上げられる。

たまらない刺激に、瑠音は思わず腰をよじらせた。

「男も女もないことがわかったか。胸だけで充分感じるとは、なかなか優秀だ」

「そ、そんなこと、ないっ！」

瑠音は我知らず首を左右に振った。

だが青覇は、なんでもないように再び乳首に口をつけてきた。

「やあ、っ」

ちゅっと吸われたり、歯を当てられたりするたびに、瑠音は身悶(みもだ)えた。

先端が痛いほど硬くなり、さらに敏感になっていく。

「やはり、気に入ったようだな」

「そんなの、知らない……っ」

「認める気がないか。それなら、ここはなんだ？」

「ああっ」

青覇は下肢に手を伸ばし、夜着の上からそこを握ってきた。

もはや隠しようもなく、昂(たか)ぶっていたことを知られてしまう。

瑠音は羞恥でかっと赤くなった。

「おまえは教え甲斐がある。次は、ここもいいようにしてやろう」

青覇は余裕で言いながら、夜着の裾を捲り上げた。

下着にあたるものは穿いていない。勃たせたものが簡単に丸見えとなり、瑠音は身の置き所がなかった。

青覇は手で直に中心を握り、ゆるゆると上下に擦る。

「ああっ！」

圧倒的な快感に襲われて、瑠音は思わず高い声を放った。

青覇はさらに技巧を凝らして瑠音を駆り立ててくる。

他人の手で弄られるのが、こんなに気持ちいいとは知らなかった。

先端の窪みを指で弄られるとじわりと蜜が溜まる。くびれを執拗に撫で回され、そのあと根元から擦り上げられると、もうたまらなかった。

「瑠音、達きたければ、遠慮するな」

甘い声でそそのかされ、瑠音は思わず青覇の青い瞳を見つめた。

拒否しようと思っても、身体の奥から迫り上がってくる欲望は我慢できそうもない。

そのうえ青覇は、さらに強く中心を駆り立ててくる。

今まで他人に快楽を与えられたことのない瑠音は、あっけなく上り詰めた。

「やあっ、あぁ、ぅ……ぅぅ」

背中を思いきり反らしながら、青覇の手にすべてを吐き出してしまう。

そして息を整える暇もなく、青覇が再び腰に手を伸ばしてくる。

「気持ちよかったなら、次へ行くぞ」

「な、何……？」

「準備してやるから、俯せになれ」

「え、ええっ」

拒否する暇もなかった。

腰を両手でつかまれて、簡単に俯せの体勢を取らされる。

「やっ、何、この格好？　ま、待って、だ、駄目っ」

両足を広げられ、腰だけ高くさせられる。

すべてを青覇の視線にさらす、恥ずかしい格好だった。

「ここも、すべすべしていて絹のようだな」

「や、っ……くふっ」

撫で回されたのは剥き出しになった双丘だった。しかも青覇はその狭間にまで手を伸ばしてくる。

指が濡れているのは、瑠音自身が吐き出した白濁だろう。その指で、窄まりをゆっくりなぞられる。

「いや……だっ、そ、そこは……っ」

瑠音は泣き声を上げた。

しかし、青覇はやめてくれず、逆に指の先端をめり込ませてくる。

「やあ、あぁ……っ、うぅ」

濡れた指は、繊細な襞を掻き分けるように中まで入り込んできた。

異物で体内を犯され、瑠音はぶるりと震えた。

しかし、青覇が奥まで届かせた指をゆっくり掻き回し始める。

「瑠音、おまえの中はもう熱くなっている。俺の指が気に入ったようだ」

「あ、やぁ……っ」

挿し込まれた指をぐるりと回されると、たまらない疼きに襲われる。

青覇は奥に入れた指を曲げ、指の腹で敏感な襞を擦り上げた。

「ああっ」

触れられた一点でひときわ大きな刺激が生まれ、瑠音は涙をこぼした。

なのに、いったんは萎えていた中心が、再び熱を帯び始める。

恐ろしいのは自分の身体だった。どうして、男に触られただけで、こんなになるのかわからない。

異物で犯されて、気持ち悪いはずなのに、中心が勃ち上がっていく。

「瑠音、気持ちがいいか？」

青覇は中の指をそのままに、そっと顔を伏せてきた。

「よ、よく、ない……っ」

瑠音は胸を喘がせながら、必死に否定した。

青覇はくすりと笑い、前へと手をまわしてくる。

「ここは、そう言っていないようだが？」

言葉と同時に、張りつめたものをつかまれ、瑠音は息をのんだ。

後孔を指で犯されているのに、前に触れられただけで、また達きそうになってしまう。

「違う……っ」

「素直じゃないな。それならもう一本指を増やしてやろう」

青覇は耳に囁きを落としながら、無理やり二本目の指をねじ込んでくる。

ぐうっと奥まで進められ、瑠音は思わず仰け反った。

「くう……っ」

反動で、中に入れられた指を思いきり締めつける。

「すごいな。そろそろ俺も我慢が利かぬな」

切迫した声とともに、青覇が指を引き抜く。

その直後、青覇は手早く自身の下肢を乱し、改めて瑠音の腰を抱え直した。

「やっ」

はだけた夜着がほんの少しだけ肌にまとわりついていた。とても自分のものとは思えぬ白銀の長い髪が、乱れてそこら中に散らばっている。

「瑠音」

短い呼びかけとともに、青覇が上にのしかかってきた。

あられもなく剥き出しにされた蕾（つぼみ）に、滾（たぎ）った凶器が押しつけられる。

あまりの熱さでびくりとすくむが、濡れて蕩（とろ）かされた蕾は嬉しげにひくひくと震えた。

「や、あ……っ」

「瑠音、これでおまえは俺の愛妾だ。全部受け入れろ」

青覇はそう言って、ぐいっと腰を進めてきた。

巨大なものが狭い場所を割り広げ、無理やり奥まで入ってくる。

「いっ、やあぁ……っ」

瑠音は少しでも逃げようと、前に手を伸ばした。

けれども、すぐさま腰を押さえられて、元の位置まで戻される。

青覇は容赦なく、最奥まで巨大なものを侵入させた。

「これで、全部だ」

「う、くぅ」

最奥まで受け入れさせられて、瑠音はもう声も出ない状態だった。

さしもの青覇もすぐには動かず、瑠音が慣れるのを待っている。

剥き出しの背中を優しく撫でられて、瑠音はさらに身体を震わせた。

だが、その時、青覇が訝しげな呟きを漏らす。

「これは、入れ墨か？　いや、違う……」

青覇は何かの跡をたどるように、瑠音の肌に指先を滑らせる。

「う、くっ」

そんな刺激さえ、快感になって、瑠音は甘い呻きを上げた。

「まさか、そんな馬鹿な」

驚いたような声が響き、瑠音ははっと我に返った。

いったい何事だと、繋がったままで首だけ後ろに巡らせる。

「な、何……？」

「そうか。そういうことか……ははは、珍しく、お婆の予言が当たっていたか。まさか、このようなことになっているとはな……ははは」

いきなりわけのわからないことを言われ、瑠音は顔をしかめた。

すると青覇は極上の笑みを見せ、再び瑠音の腰を両手でかかえる。

「おまえを手に入れたのは僥倖だった」

「な、なんのことですか？」

「説明はあとだ。今は存分に可愛がってやろう」

何が起きたのか訊ね返す暇もなく、青覇がいきなり激しく動き始める。

「あぁっ、あぁぁ……っ」

瑠音は悲鳴を上げた。

身体の芯に痛みが走る。

けれども、その痛みはすぐに悦楽となる。

そうして瑠音は明け方近くまで、青覇という異世界の男に、執拗に抱かれることになってしまったのだ。

三

翌朝のこと、瑠音は宦官の手を借りて、用意された着物に袖をとおした。

白の下衣の上に、豪華な縫い取りのある上衣を重ねる。合わせは日本の着物と同じだが、帯などの雰囲気はかなり違う。おそらく古代中国で着られていた深衣というものだろう。

飛鳥には、大人用を急遽仕立て直したものが用意されていた。少し生地が分厚くて動きにくそうだったが、文句は言えない。

そして飛鳥にご飯を食べさせている時に、青覇が顔を見せた。

ゆったりとした深衣を着た男の出現に、思わず頬が熱くなる。

契約上で抱かれただけなのに、昨夜は無理やり感じさせられてしまった。いまだに身体の芯に火照りが残っているようで、羞恥が込み上げてくる。

「何か足りない物はないか？」

「い、今は特に……ありません」

辛うじて答えると、青覇は近くまでやって来て、腰をかがめる。

そして飛鳥の顔を覗き込んで、にっこりと笑いかけた。

「名はなんという？　いくつだ？」

飛鳥は人見知りするように、身体をもじもじさせる。

「飛鳥、お名前は？」

「あしゅか……」

飛鳥はぎゅっと瑠音の手を握りながら答える。

「飛鳥か……俺は青覇だ」

「しぇいは、おじしゃん？」

「ま、小父さんには違いないが、俺のことは青覇様と呼べ。まわりにはうるさい者どもが多いからな」

「飛鳥、青覇様、だよ？」

瑠音が言ってみせると、飛鳥はこくんと頷く。

「しぇいはしゃま」

「よし、よくできたな」

青覇は満足げに言って、飛鳥の頭をわしわしと何度も撫でる。

意外にも子供好きなのか、飛鳥に向ける顔は優しげだった。飛鳥のほうも、ほっとしたように笑みを見せている。

「瑠音。これからのことを話しておく」

「あ、はい」

青覇の言葉に、瑠音は居住まいを正した。

「おまえの身分は昨夜も話したとおり、俺の后となる」

「后……？」

昨日は確か愛妾だと言われたのだ。それが、いつの間に格上げされたのだろうか。

青覇は瑠音の戸惑いには気づかず、話を続ける。

「ひとつ念を押しておく。今後、翡翠のことで誰が何を言おうと、おまえは答える必要がない。いいな？」

「それは、翡翠のことを誰にも話すなということですか？」

首を傾げつつ訊ね返すと、青覇はにやりと口元をゆるめた。

「ああ、そういうことだ。察しがよくて助かる。おまえが翡翠を所持していたことは、すでに知れている。根掘り葉掘り聞きたがる者がいても、何もしゃべるな。しつこく訊かれて困った時は、俺に訊ねろと言ってやれ。いいな？」

「わかり、ました」

瑠音にとっても、すべてを青覇に預けてしまえるなら、それに越したことはない。

「それと、準備を終えたら、都へ向けて出発する。おまえはひとりで馬に乗れるか？」

「いいえ、乗れません」

「それなら、おまえは俺の馬に乗せていこう。途中の宿場で輿を用意させる。それまで我慢しろ。いいな？」

「はい」

「今日はやけに素直だな？」

大きな手を頬に当てられて、瑠音はさらに赤くなった。

「だって、ぼくには他にどうしようもないですから……。飛鳥によくしていただけるなら、ぼく自身は何があろうと我慢します」

必死に言い返すと、青覇はじっと瑠音の顔を見つめて、忍び笑いを漏らす。

昨日、思わぬ成り行きで抱かれてしまったけれど、この人にどういう反応を返していいかわからない。今のように間近で見つめられると、不用意に心臓が高鳴る。

これではまるで、本当の恋人と接しているようだ。

そんな考えが脳裏を掠め、瑠音はさらに頬を熱くした。

†

青覇が指揮するのは「黒龍軍」と呼ばれる騎馬兵のみで構成された軍だった。

黒革の鎧をつけた男たちが、黄色っぽい砂煙を立てながらいっせいに馬を進めていく様は勇壮のひと言に尽きる。

瑠音と飛鳥はまとめて青覇に抱かれ進んでいた。

意外なことに、青覇は幼い飛鳥に気を遣ってくれて、何度も進軍を休止させる。

「子供に何かあったら、すぐに言えよ」

「ありがとうございます」

瑠音は心からの礼を言った。

青覇に助けを求めたのは、間違いではなかったと思う。幼い飛鳥の庇護者として、青覇ほど相応しい者は他にいない。

馬上で風を受けながら、飛鳥ごと青覇に抱かれて進む。

瑠音は大きな安堵と心地よさに包まれていた。

黒龍軍は三日ほど夜営を続けながら、都へと向かっていた。そして四日目に、城壁に囲まれた街に到着する。

黒龍軍は三千ほど。ほとんどの兵は街の外に天幕を立てていたが、青覇と側近の者たちは、領主の館に宿泊することになった。

「青覇様、このようにむさ苦しい館にお出ましいただき、まことに光栄にございます」

出迎えたのは五十ぐらいの太った男だった。青覇を前に、床に額を擦りつけて挨拶(あいさつ)する。

領主なのに拝跪(はいき)するとは、もしかすると青覇は将軍というだけではなく、もっと高い身分を持っているのではないだろうか？

「世話になる」

「青覇様にご逗留いただけるなど、末代までの誉れ。どうぞ、幾日でもごゆるりとご逗留くださいませ」

短い挨拶のあと、一行は館の奥へと案内された。

瑠音の先導役は世話係の宦官で、当然ながら、青覇とは違う部屋へ向かうことになった。今までは同じ天幕だったので不安が募る。けれども一緒の部屋にしてくれなどとは絶対に言い出せない雰囲気だ。

瑠音と飛鳥に用意されていたのは、驚くほど華美な調度が整った部屋だった。

待ち構えていた侍女風の女性たちが、いっせいに頭を下げる。

「ようこそ、おいでくださいました。誠心誠意務めさせていただきますので、よろしくお願いいたします」

代表格のひとりがそう挨拶し、瑠音は緊張しながらも、懸命に答えた。

「よろしくお願いします」

「長旅でお疲れでございましょう。すぐに湯を用意させます。それと、公子様は別室でお世話いたしましょうか？　それともご一緒に？」

「あ、一緒でお願いします」

瑠音は慌てて答えた。

だが、飛鳥への呼びかけが公子様だったことに疑問を覚える。

自分は后と呼ばれることになり、飛鳥は公子。

もしかして、青覇は王族なのだろうか？

ぼんやりとそんな考えが浮かぶ。しかし、ここで迂闊(うかつ)に訊ねるより、あとで青覇に確かめたほうがいい。

もうひとつ気になっているのが、自分が男であることだった。宦官から伝えられているとは思うが、侍女たちは疑問に思わないのだろうか？

青覇自身も、何も気にしていないようだったので、この国では男の愛妾がさして珍しくはないのかもしれない。

侍女たちは甲斐甲斐しく瑠音と飛鳥の世話をし始めた。

たっぷり湯を入れた大きな盥が持ち込まれたので、飛鳥に行水をさせる。

「るねぇ」

「ん？　何？」

「おぷろじゃないの？」

飛鳥は知らない人間に取り囲まれて、居心地悪そうにしている。

「ん、お風呂じゃないけど、お兄ちゃんが一緒だから大丈夫だよね？」

瑠音は宥めるように言いながら、湯に浸した布で、飛鳥を優しく洗ってやった。

「るねぇ、いつおうちにかえるの？　ままは？　ぱぱは？」

思わず胸が痛くなったが、飛鳥のほうがつらい思いをしているはずだ。

瑠音は無理やり頬をゆるめて、幼い甥に笑いかけた。

「ごめんな、飛鳥。おうちにはまだ帰れないんだ」

「うん」

飛鳥は健気に頷く。

慣れない環境に放り込まれ、心細い思いをしているだろうに、自分のほうがいつも勇気を貰っている。

とにかく飛鳥にはできるだけのことをしてやりたい。たとえ自分の身を売り払おうと、命を投げ出そうとかまわない。

瑠音はそう決意を新たにした。

旅の汚れを落としたあと、用意された着物に着替える。

男女の基本デザインは変わらないようだが、瑠音に差し出されたのは淡紅色の深衣だった。

帯は鮮やかな紅で、侍女の手で白銀の髪を複雑な形に結い上げられる。髷には花を模した小さな冠、イヤリングの他、帯まわりにもきらきらしたアクセサリー類を付けさせられた。

飛鳥の深衣は薄い緑色。貴族の子供用なのか、縫い取りがたくさんしてあった。

「本当にお美しい。特にこの髪……このように美しい白銀の髪は見たことがありません。さすがは青覇殿下がご寵愛されるお方。瑠音様の瞳の色も翡翠に似て、とても神秘的でございます」

着付けを手伝ってくれた二十歳ぐらいの侍女が、瑠音の出来映えを見て、ため息をつくように言う。

瑠音は自分の容姿が変わったことを思い出させられ、内心でため息をついた。

ごく平凡な顔立ちの自分が、きれいだなどと褒められることにも納得がいかない。

「ぼくの髪や目の色は珍しいですか？」

「そうですね。茶色や赤い髪をした者は市井でも時折見かけますが、瑠音様のようなお色の者はおりません。高貴な方々の中には、時折宝玉のように美しい色の瞳をお持ちの方がお生まれになるそうです。青覇殿下も滅多にない神秘的な青の瞳をお持ちですが……」

「そうですね。青覇様の双眸は本当にきれいだと思う」

何気なく同意すると、侍女は嬉しげな笑みを見せる。

「本当に青覇殿下をお慕いになっていらっしゃるのですね」

「ぼ、ぼくは別にそういう意味で言ったわけでは」

瑠音は慌てて言い訳したが、侍女はしたり顔で頷くだけだった。

数日前に荒野のど真ん中で偶然に出会った。そして、やむを得ない事情で愛妾になっただけなのに。

でも、旅の途中で出会っただけの侍女に、そんな説明をしたところでどうしようもないのだ。

しばらくして、部屋に夕餉の膳が運び込まれてきた。

「殿下もこちらで召し上がるとのことでございます」

侍女たちの手で低いテーブルの上に、次々と料理の皿が並べられていく。

そして、待つほどもなく、すっきりとした青の深衣を着た青覇が姿を現した。

鎧姿は誰にも負けないほど凛々しいが、軍装を解いた姿も惚れ惚れするほどかっこいい。しかも青覇は引きしまった長身で、細いだけの瑠音は羨ましく思わずにはいられなかった。

「ここはもうよい。皆、下がれ」

瑠音の隣に座した青覇は、侍女たちを下がらせて自ら杯に酒を注ぐ。

「あ、ぼくがお注ぎしましょうか」

瑠音は慌てて声をかけた。

だが青覇はゆるく首を振る。

「酒ぐらい自分で注げる。おまえは飛鳥に食べさせてやれ」

「すみません」

青覇の心遣いを瑠音は本気でありがたく思った。

もしかしたら王族かもしれない人だけれど、青覇にはあまり偉ぶったところがない。

酒を口に運ぶ様子を見ていると、何故かまた心臓がドキドキしてくる。

瑠音は焦り気味に視線をそらし、膝に乗せた飛鳥に蒸し鶏を食べさせた。

「食事は大丈夫か？」

「あ、はい。大丈夫だと思います」

瑠音は、すかさずそう答えた。

移動中よりかなり品数が多く、大皿に盛られた料理は見た目も華やかだ。

「子供に食べさせるのはいいが、それではおまえが食べる暇がないな」

「いえ、ぼくはあとからでも平気なので」

「そう言わずに、おまえも食べろ。細いだけでは抱き心地が悪い」

「な、なんてことを！」

瑠音が真っ赤になると、青覇はにやりと口元をゆるめる。

だが、そのあと自ら小皿に瑠音用の食べ物を取り分けてくれた。

「さあ、食べろ」

「あ、ありがとうございます」

瑠音は赤くなったままで礼を言った。

この人は基本的に優しいのだ。男を愛妾にするなんて、おかしな趣味もあるけれど、それだって、殺されてしまうかもしれない自分たちを助けてくれるためだった。

とにかく、今はこの異世界で飛鳥とともに、生き延びていくことが一番大事だ。

青覇のことを必要以上に気にしていると身が保たない。

瑠音は内心でため息をつき、飛鳥に食事をさせつつ、自分でも口に運んだ。

「あ、美味しい」

一般的な中華料理とは少し見た目が違うが、どれも複雑な味付けがしてあって美味しかった。

「おまえは異世界から飛ばされてきたと言ったが、どんなところなのだ？　食べ物は同じか？」

青覇はさりげなく訊ねてくる。

「はい、食材などはそう変わらないと思います。でも、ぼくがいた世界では、幼児用の食品がもっと発達してました。衛生面とかも考えてあって」

「衛生面？」

訊ね返されて、瑠音は言葉に詰まった。

この世界はおそらく千年以上は昔といった雰囲気だ。しかし、衣服や部屋に置いてある調度などはすごく手が込んでいて、きれいなものばかり揃っている。

「子供は抵抗力が弱いですから、普段から気をつけてあげないと」

「そういうことか」

青覇は何やら考え込むように腕組みする。

色々と食べ終えた飛鳥はお腹がいっぱいで眠くなったのか、小さく欠伸をする。

「ちょっと失礼します」

瑠音は断りを入れて、飛鳥を奥の部屋へと運んだ。

寝台に横たえると、すぐに寝息を立て始める。

瑠音はしばらく様子を見守ったあと、自分のリュックへと手を伸ばした。

「すみません、お待たせしました」

瑠音が隣の席に戻ると、青覇はやわらかく口元をゆるめる。

きれいな微笑に思わず見惚れそうになって、瑠音は焦り気味にリュックからスマホを出した。

「それはなんだ？」

見慣れない素材に、青覇が訝しげに訊ねてくる。

「これはぼくの世界で皆が使っている道具です。写真をお見せしようと思って」

瑠音は手早くスマホの電源を入れた。バッテリーは電源を必要とするものしか持っていない。だから、こうして立ち上げられるのもあと僅かな時間だろう。それでも、青覇に自分の世界を見せたいと思ったのだ。

目的の写真画像を見せると、青覇が驚きの声を上げる。

「これが、おまえの世界か……ずいぶんと違うものだな」

最初に見せたのは、繁華街で撮った写真だ。建物の様子や人々の服装が大きく違うので、青覇はまじまじと見入っている。

「ぼくが住んでいた街の様子です」

「それにしても、不思議な道具だ。まるで自分の目で見ているかのように詳細な絵だ。おまえたちは皆がこんな道具を使っているのか？」

「はい。皆持ってます。でも、これはもうすぐ使えなくなりますけど」

「使えなくなる？」

「バッテリーが……ええと、この道具に込められた力がなくなると、何も見えなくなってしまうから。それで、これがぼくの家族です」

瑠音は横から指で端末を操作した。

写真は姉の家で撮ったものだ。飛鳥を抱いた姉と横にいる姉の夫が笑っていた。

でも、姉夫婦はもうこの世にいない。

ふいに押し寄せてきた悲しみに、瑠音は胸が痛くなった。

「これがおまえの言っていた姉か？」

「はい」

嗚咽をのみ込んで頷くと、青覇が宥めるように肩に手を置く。

優しい感触が身に染みて、瑠音は泣いてしまいそうだった。

「差し支えなければ、どうして亡くなったのか話してくれ」

「事故です。姉と姉の旦那さんは、小さな店をやっていて、仕入れの旅の途中、小型機が墜落したんです。ええと、乗り物の事故です」

「そうか。つらかったな。おまえは姉の遺児を世話することで精一杯だったのだろう。もし、弱音を吐きたいなら、そうするがいい。無理やり俺の后にしたこと、納得いかないだろうが、この先は俺がおまえたちを守ってやる。誰にも傷つけさせない。それだけは誓おう」

真摯な言葉を聞いて、堪えていた涙が堰を切る。

「青覇様……っ、……す、すみません。泣いてしまって」

「気にすることはない。泣きたいだけ泣けばいいのだ」

頬を濡らす涙は、青覇の長い指で拭い取られた。

子供のように泣いてしまったことが恥ずかしい。それでも、ずっと張りつめっ放しだった気がゆるみ、どこか楽になっていた。

しばらくして、瑠音は頬を染めながら顔を上げた。

間近に青覇のきれいな顔があって、また頬に血が上ってくる。

「少しは気が晴れたか？」

訊ねられて、瑠音はこくりと頷いた。

「明日、この街では祭りがあるそうだ」

「お祭り、ですか？」

「この先はずっと輿での移動になる。だから、今のうちに息抜きをすればいい。明日は俺が街を案内してやろう。飛鳥も喜ぶのではないか？」

「街を見に行けるのですか？」

瑠音は今まで泣いていたことも忘れ、思わず身を乗り出した。

異世界で街歩きができるなど、願ってもないことだ。それに、ずっといい子にしていた飛鳥も楽しませてやりたい。

「すべて、俺に任せておけ」

「ありがとう、ございます」

瑠音は礼を言いながら、自然と微笑みを浮かべていた。

†

翌日、黒龍軍の進軍は休みとなり、瑠音は青覇に連れられて、街中を歩くことになった。

用意された麻地の着物は、薄い緑色のあっさりしたデザインで、街を行く人々に交じっても違和感がない。

青覇も鎧ではなく、濃い青の深衣をまとっているだけだ。腰に長剣を帯びている姿は、下級貴族の若様といった気楽な雰囲気だった。

なんのお祭りかわからないが、通りは大勢の人々でごった返していた。

小さな飛鳥の手を引いて歩くのは大変かと思っていたが、人にぶつからないように青覇がうまく誘導してくれる。

しばらくして、大通りの真ん中で、賑やかな鉦や太鼓の音に合わせて、緑色の布で作った龍が動いていた。龍の胴体には何本かの棒がついており、人々がそれを動かしているのだ。龍は波のように上下したり左右に揺れたりする。そのたびに大きな歓声が上がっていた。

「ここだと飛鳥は見えないな。よし、俺が肩に乗せてやろう」

青覇に言われ、飛鳥はもじもじと尻込みをしている。

「飛鳥。青覇様が肩車をしてくださるって。それとも、恥ずかしい？」

腰をかがめて訊ねると、飛鳥は必死な様子でかぶりを振る。

「それじゃ、お願いします、って言うんだよ？」

「うん、おねがいしまちゅ」

飛鳥はたどたどしく言う。

「よし。任せておけ」

青覇は満面の笑みを見せ、飛鳥をひょいっと抱き上げた。そして、あっという間に肩車をさせる。

「どうだ、よく見えるか？」

「うん、みえりゅ」

「あれはな、水神様だぞ？　水神様は龍のお姿でこの地に降臨されたのだ。嵐が来て洪水が起きた時、人々を助けてくださった。日照りが続いて皆が飢えに苦しんでいた時も、恵みの雨を降らせてくださる。だから、年に一度の祭りで、水神様に感謝の気持ちを捧げるのだ」

青覇は飛鳥を肩に乗せたまま、ゆったり歩を進める。

「すい、じん？」

「そうだ。緑色のあの龍が水神様だぞ？」

「りゅう、おっきい」

たいして理解はできていないだろうが、飛鳥は真剣に答えている。

隣を歩く瑠音にも、楽しいひと時となっていた。

意外にも、青覇は子供好きらしい。

もしかして、子供、いるのだろうか？

ふとそんな考えが脳裏を掠め、瑠音は我知らず動揺を覚えた。

おそらくこの世界は一夫一婦制ではないだろう。青覇は高い身分を有しているらしい。だとすれば、すでに妻子がいてもおかしくない。

何故か、心臓が不穏な音を立てる。

「どうした、瑠音？　ぼんやりしていると迷子になるぞ」

「あ、すみません」

瑠音ははっと我に返り、焦り気味に謝った。

「さあ、手を貸せ」

青覇は片方の手だけで肩に乗せた飛鳥を押さえ、もう片方の手を差し出してくる。

人の目のある場所で手を繋ぐなど恥ずかしい。

けれども、瑠音の躊躇いをものともせず、青覇は強引に手をつかんでくる。

「もう少し、先へ行くぞ」

「……はい」

瑠音は羞恥に駆られながらも、しっかりと頷いた。

子供のように手を繋がれて歩くのが恥ずかしい。

それでも、何故か大きな安心感に浸れることが心地よかった。

四

黒龍軍は、その後十日を費やして、昂国の皇都に入った。

瑠音は馬二頭で曳(ひ)く車の中で、驚きに目を瞠(みは)った。

荒野の真ん中に出現した時は、どこにも建物が見えなかったのに、皇都にはぎっしりと家並みが続いている。大通りはきれいに整備され、皇都に住まう人々だけではなく、荷車なども行き交っていた。

皇都の様子からすると、昂国というのは相当な大国なのだろう。

軍列は大通りを真っ直ぐに進み、大きな城門をくぐり抜ける。

すると、そこにはまた驚くような景色が広がっていた。

広大な敷地に、壮麗な宮殿がいくつも建っている。遠くには七重に屋根を重ねた建物も見えていた。

中国の古い都では、皇帝の住居や役所関係の建物がある場所と、一般の人々が住むエリアは区切られていたはずだ。この国でも同じようになっているのかもしれない。

やはり、青覇は皇族なのだろうか?

はっきり訊き損ねていたが、そう考えたほうがよさそうだ。

そして、そんな高貴な青覇の愛妾となったことに、なんとなく居心地の悪さも感じた。

車の小窓から見える景色に、飛鳥は物珍しそうに目を瞠っている。

とにかく、なんとしても飛鳥を守り抜く。

それだけを胸に、やっていくしかないのだ。

車が停められたのは、いくつか城門を抜けてからだった。

飛鳥を連れて車から降りると、目の前に美しい宮殿が建っている。

「ここがおまえたちの棲み処になる」

馬から下りた青覇が近くまで来て、そう告げる。

「あの、この宮殿は？」

瑠音は恐る恐る問いかけた。

「ああ、ここは俺の宮殿だ。誰の干渉も受けないから安心していいぞ」

「すみません。今まで訊き損ねてましたが、この宮殿が青覇様のものということは……」

「ん？　言ってなかったか？」

「何も」

瑠音はゆるく首を振った。

「そうか。悪かったな。俺は先帝の第二皇子だ」

なんでもないように言われ、瑠音は息をのんだ。

高貴な身分の人だとは思っていたけれど、まさか第二皇子だとは……！

「あ、あの、それでは……、ぼくは……ぼくたちは……」

「何を焦っているのだ？」

「だ、だって、そんな……あなたが皇子様だとは知らなくて、失礼なこととか言った気が」

焦り気味に言い訳すると、青覇はくくっと笑い始めた。

瑠音は呆然と、そんな青覇を眺めているしかなかった。

「心配するな。おまえは堂々としていればいい。何があったとしても、必ず守ってやる」

青覇は宥めるように言うが、瑠音は逆に不安が増した。

この言い方はまるで、今にも何かが起きるということのようにも聞こえる。

「青覇様、ぼくは……」

瑠音は言葉を続けようとしたが、青覇はすぐに歩み去ってしまう。

代わりにそばまで来たのは、ずっと瑠音や飛鳥の世話をしていた宦官だった。

「居室にご案内いたします」

「わかりました」

瑠音は飛鳥の手を引いて、宦官の案内に従った。

青覇は側近らしき騎馬兵と何か話し込んでいる。

いずれにしろ、賽(さい)は投げられてしまったのだ。

瑠音は飛鳥の小さな手をぎゅっと握って、青覇の宮殿内へと入っていった。

†

「瑠音様、飛鳥様、お待ちいたしておりました。一同、誠心誠意お仕えいたす所存にございます。どうぞ、よろしくお願いいたします」

居室に入った瑠音を出迎えたのは、左右に分かれ、ずらりと並んだ侍女たちだった。

華やかな深衣に身を包み、床に両手をついて深々と頭を下げている。

総勢で三十人ほどいるだろうか。

こんなにも多くの人たちに傅(かしず)かれることになろうとは、いまだに信じられない気持ちのほうが強い。

偶然出会った青覇に庇護を求めただけなのに、大変なことになったものだ。

しかし飛鳥のことを思えば、この状態も歓迎するべきだった。

こうして瑠音と飛鳥は、宮殿生活を開始することになったのだ。

「瑠音様、本日のお召し物のお色はいかがいたしましょう?」

「あ、ぼくはよくわからないので、決めてもらえませんか」

「かしこまりました。瑠音様は色白でいらっしゃいますし、この御髪(おぐし)も本当に神秘的で、お仕えし甲斐があります。今日は淡い紅でまとめてみましょう」

熱心に瑠音の顔を見つめて言うのは、春玲（しゅんれい）という名の侍女だった。年齢は瑠音より少し上だが、どちらかといえば可愛い顔立ちをしている。

他にも年かさの侍女たちが大勢いたが、この春玲が身のまわりの世話をしてくれることが多かった。

春玲は用意した深衣を次々と瑠音に着せていく。瑠音はされるがままになっているしかない。

薄紅色の深衣は、白銀の髪とも相まって、瑠音をいっそう可憐な雰囲気にしていた。

青銅を磨き込んだ大きな姿見には、どこから見ても儚（はかな）げな少女としか思えぬ姿が映っている。

これが自分だとは、とても信じられなかった。

白銀の髪を頭頂部でひとつに結び、小さな髷にきらきらと輝く簪を挿している。残りの髪は真っ直ぐ下ろされていた。まとった深衣は薄紅色。織り模様で浮かび上がっているのは、鳳凰（ほうおう）のような鳥の紋様だった。大袖の先や衿元（えりもと）から鮮やかな紅色が覗き、帯は同じ紅と紫の二色。繊細な金細工の耳飾りと首飾りには、今の瞳の色と同じ翡翠があしらわれていた。

どこのお姫様だろうという格好には、ため息をつきたくなる。

一方で、飛鳥が衣装を着た姿は、コスプレみたいに思えて可愛かった。鮮やかな青の深衣に黄色の帯を締め、亡くなった姉が見たら、さぞ喜んだことだろう。

「今日は何をなさいますか？」

支度を終えたあと、春玲に訊かれるが、瑠音には答えようがなかった。

「飛鳥を外で遊ばせることは可能ですか？」

「では、お庭の散策はいかがですか？」

春玲はにこにこしながら提案する。

スイミングプールに通い始めていたので、どこか泳げるところがあれば……。

瑠音はそう言いたかったが、無理なことはわかっていた。

引き取られたのが市井の家だとしたら、もっと自由が利いたのだろう。しかし、これだけ大勢の侍女たちに囲まれている状態では、何をするにも気をつけていないと大変なことになりそうだった。

食事や着衣の世話はもちろんのこと、飛鳥にお風呂を使わせるだけでも、十人以上の者たちの手を必要とするのだ。

次から次へと湯を入れた桶を運んでくる姿を見て、最初は何事かと思ってしまった。

風呂は自動で沸く、などということはない。この世界には、ガスも電気も水道さえもないのだから。

プールで泳がせたい。

そんな要求をすれば、どんな騒ぎになるかわからなかった。

「飛鳥、今日は何して遊ぶ？」

瑠音は腰をかがめて飛鳥の顔を覗き込む。

「あしゅか、わかんない」

飛鳥はこてっと首を横に倒して答える。

せめてお気に入りの玩具（おもちゃ）でもあれば……。

瑠音は詮（せん）ないことを思い、自分もまたゆっくり首を左右に振った。

幸か不幸か、飛鳥はママやパパのことを言い出さない。決して忘れているわけではない。子供ながら今の状態が異常であることを察し、口に出さないようにしているようだ。

「あの、何か玩具はありませんか？」

「玩具、ですか？　どのような？」

「木製のもので、できれば動くやつ」

瑠音がそう口にすると、春玲がにっこりと微笑む。

「わかりました。すぐに取り寄せましょう。今まで気が利かずに、申し訳ありませんでした」

「いえ、こちらこそ、すみません」

遠慮がちに言うと、春玲は慌てたように手を振った。

「とんでもないことです。青覇殿下からは、充分にお世話をするようにと言い付かっております。お子様のお世話に慣れていなかったなどと、言い訳にもなりません。すぐに対処いたしますので、お許しください」

春玲はそう言って、慌ただしく居室から出ていく。

瑠音はその春玲の言葉を反芻(はんすう)した。

子供の世話には慣れていない。

ということは、青覇にはまだ子供がいないのだろうか？

そう思ったとたん、何故か頬がゆるんでしまう。

そして、そんな自分に気づいて、瑠音は慌てて表情を引きしめた。

†

瑠音と飛鳥は、ふたりでまったりと宮殿暮らしを満喫していた。

五日ほど経った時、それまで沈黙を守っていた青覇からの呼び出しがあった。

「表の広間のほうに、お越しくださいとのことでございます」

瑠音は春玲の手で美しく着飾らされて、案内に従った。

この宮殿に来てから、青覇とは一度も会っていない。夜伽に呼ばれるかもしれないと覚悟していたのに、顔さえ見せなかったのだ。

宮殿の廊下を歩いている間に、心臓がドキドキと高鳴り出す。

「ひ、久しぶりで緊張しているだけだ。決して青覇様に会いたかったとか、そういうのじゃないから」

瑠音は小さく呟いた。

しかし広間に入って、正面の長椅子にゆったり腰を下ろした青覇を見かけたとたん、心臓の音がさらに高くなる。

「あちらの、青覇様のお隣まで、お進みください」

春玲に小声で教えられ、瑠音はおぼつかない足取りで青覇のもとに向かった。

久しぶりで対面すると、青覇はますます男ぶりが増したように見える。

旅の最中とは違って、豪華な深衣を身にまとっているせいかもしれない。

生成り色の布に銀糸をふんだんに使って、雲の間を飛ぶ龍の紋様が描き出されている。複雑に結い上げた髪にも、簪を何本も挿していた。

そして華やかな衣装を難なく着こなす、青覇の美貌に視線を奪われてしまう。

「瑠音、宮殿での暮らしには慣れたか？　顔色はそう悪くないが、侍女たちはどうだ？　心してておまえたちに仕えよと言っておいたが」

青覇は当然のように瑠音の手を取り、横に並んで座らせる。

「皆さん、よくしてくださいます。何もかも、ありがとうございます」

瑠音は辛うじて答えたが、頬が熱くなってくるのを止められなかった。

「もうすぐ、文官が翡翠の確認に来ることになっている」

「あの翡翠の、ですか？」

「おまえが見つけた玉璽を、俺が手に入れた。そんなふうに話をとおしてある。今日来るのは、先触れのようなものだ。色々と訊かれるだろうが、適当に返事をしていればいい」

青覇は簡単に言うが、瑠音は不安に駆られた。

「でも、大丈夫でしょうか？」

「俺に話したとおりに伝えればいい。向こうは納得しないだろうが、途中で俺が止める。そんなに心配するな。せっかく可愛らしい格好をしているのに、そんなに顔を強ばらせていては台なしだぞ」

「な、んてこと……っ」

からかい気味の言葉に、瑠音は耳まで赤くなった。

男なのだから、可愛いなどと言われても喜べない。

なのに青覇は、熱くなった頬に手まで当ててくる。

「おまえは俺の后になった。格好を褒めるのは当たり前だろう」

整った面に極上の笑みが浮かび、瑠音の胸はさらに高鳴った。

そうしてさほど待つこともなく、昂国の文官が案内されてくる。四十ぐらいの男だった。茶色の地味な深衣を着て、小さな帽子状の冠を被っている。

「青覇殿下、呂（りょ）がご挨拶申し上げます」

呂と名乗った文官は、床に額を擦りつけて挨拶する。

「ああ、挨拶などは手短にせよ。用件はなんだ？」

青覇は最初から脅すように言う。

すると呂はおもむろに顔を上げ、そのあとすうっと目を細めた。痩せて小柄な男だが、どこか陰険な雰囲気がある。

「有り難き、幸せ。それでは、お許しいただきましたので、遠慮なくお訊ねいたします。殿下が黄土高原より玉璽をお持ち帰りになられたとは、まことでありましょうや？」

「ああ、本当だ。玉璽であったもの。あるいは玉璽として使われていた翡翠が、真っ二つに割れたもの。そう言ったほうがいいか。そなたも手に取ってみるがよい」

青覇は気軽な調子で呂を呼び寄せた。

その一方で、背後に控えていた側近に合図を送って、問題の翡翠を持ってこさせる。

「手に取らせていただいて、よろしいのですか？」

まさか、触れさせてもらえるとは思っていなかったのだろう。文官の呂は半信半疑といった顔つきになる。

「手に取ってみなければ、玉璽とはわからぬだろう。よい、もっと近くに寄れ」

「ははぁ」

呂は遠慮しながらも、青覇の前まで膝行する。

そして恭しく天鵞絨っぽい布に載せられた翡翠を受け取った。

「これは確かに……。これほど見事な翡翠はふたつとないでしょう。玉自体の価値を考えれば、これが玉璽であった可能性はありましょう。しかし、印文が何も残っていないのでは、これがしかと昂国の玉璽であるとは、言いきれないかもしれません」

「ほお、これが玉璽ではないと、その方はそう判断するのか。ずいぶんと出すぎた真似をするものよ」

嫌味たっぷりといった言い方に、呂は顔色を変えた。

「い、いいえ、私ごときでは正しい判断ができかねます。もし、お許しいただければ、これをお預かりして、力ある者に判断させたいと思いますが、いかがでしょう」

立ち直りが早いのか、呂はおもねるように訊ね返す。

しかし青覇は、にべもなく却下した。

「断る。大事な玉璽、そうそう人の手に委ねられぬわ。迂闊に預けては、すり替えられてしまうかもしれぬ。そうではないか、呂よ?」

「そ、そんなことは」

「ないとは言いきれまい?」

青覇は呂に答える隙を与えずにたたみかける。

「は、はあ……」

黙り込まされた文官は、それでも諦めきれないように、瑠音のほうへと視線を向けてきた。

このやり取りは何を目的としているのか、今ひとつわからない。

しかし教えられたようにやるしかないと、身構える。

「殿下、その玉璽らしき翡翠ですが、そちらにおられるお方が、もたらされたとも聞き及んでおります」

「ああ、そのとおりだ。これは我が后とした瑠音が持っていたものだ」

「それでは、瑠音様にお伺いしたいと存じますが、よろしいでしょうか？」

「ああ、かまわんぞ。瑠音、此奴の問いに答えてやれ」

青覇はそう言いながら、優しげに見つめてきた。

その様子を見ていた呂が眉をひそめる。

もしかして、自分が青覇のそばにいること自体が気に入らないのかもしれない。

瑠音は緊張気味に男が話し出すのを待った。

「瑠音様、あの玉璽、いえ、翡翠の塊ですが、どのようにして手に入れられたのでしょうか？世にふたつとない品。どのような経緯で瑠音様が所持するようになられたのか、ぜひお伺いしたいものです」

やはり、この文官も、翡翠が玉璽だと思っているのだ。そして、瑠音が盗んだことを疑っているのかもしれない。

「その翡翠はぼくの姉が、甥のために残したものです。姉は不幸な事故で亡くなりました。翡翠の経緯については何も聞いておりません」

「姉上が翡翠をどこで手に入れられたのか、本当に知らないのですか？」

「知りません」

瑠音がそうくり返すと、文官はすっと目を細める。

「もしや、姉上は先年の不幸に関係しておられたのでは？」

一瞬ドキリとなったものの、瑠音は必死に平静を保った。

この疑いをかけられることは織り込み済みだ。答えも最初から決まっている。

「ぼくの姉が何にかかわっていたとおっしゃるのですか？」

「皇都に押し入った暴徒どもに関係しておられたのではないかと思いまして。邪推したくはないのですが、先年の反乱で玉璽が失われたことは事実。そして今回、降って湧いたかのように、殿下が翡翠をお持ち帰りになられた。これをどう考えればよいのでしょうか？」

呂の疑いは、最初に青覇にかけられたものと同じだ。

瑠音だって立場が逆なら、同じように疑ったかもしれない。

しかし、自分たちは異世界から飛ばされてきた人間だ。しかも、先の皇帝が殺されたのは去年の話だという。何が起きているのか説明してほしいのは、こちらのほうだ。

「いかがなされました？　どうぞ、お答えを」

「ぼ、ぼくは何も……」

そこまで言った時、ふいに青覇が冷え冷えとした声を放つ。

「呂よ、そのくらいにしておけ。その方、我が后が嘘をついているとでも言いたいのか？　おまえごときが、我が后をこれ以上侮辱することは許さぬぞ」

半端ない威圧に、呂は弾かれたように、がばっと床にひれ伏した。

「も、申し訳ございませぬ」

「呂よ、玉璽の件は、いずれ公の場ではっきりさせる。これ以上探りを入れようとしても、無駄だ。おまえの主にもそう伝えておけ」

「は、ははあ……」

文官は恐れ入ったように答え、ひたすら床に額を擦りつける。

青覇には何か思惑があり、それを踏まえてのやり取りだったのだろう。

考えてみれば、あの翡翠が玉璽だったとして、皆にどんな影響があるのだろうか。

変な疑いから命を狙われては困る。なんとしても飛鳥だけは助けなければと思って、青覇の申し出を受け入れたけれど、今後どのような動きがあるのかも気になった。

青覇にすっかりやり込められた感じで、文官の呂が引き揚げていく。

姿が見えなくなってから、瑠音は疑問に思ったことを訊ねた。

「その翡翠、なんだか大変なことになっているようですけど」

青覇は、手にした翡翠をぐいっと持ち上げてみせる。

「暴徒どもが皇宮に乱入して、我が父が弑（しい）された。その時、玉璽も失われた」

「でも、その翡翠が玉璽だったとは、わからないのではないですか？」

瑠音にしてみれば、姉が見つけた翡翠が、何故、異世界で重要な玉璽だったとされるのか、不思議でたまらない。

「玉璽が失われたせいで、新皇帝はいまだ決まっていない。俺には優秀な兄がいる。しかし兄の母親は、正妃だった俺の母より身分が低い。それで、俺が帝位に即（つ）くのが当然だという派と、優秀な第一皇子を次の皇帝にと望む者。今の宮中はふたつに割れている」

「そ、それじゃ青覇様が次の皇帝に？」

瑠音は青覇が第二皇子であることを知りながら、今までこのことをわかっていなかった。

もしかしたら、この人が次の皇帝に？

そう思っただけで、恐ろしさで鳥肌が立った。

「瑠音、おまえが俺の前に現れたのは、ただの偶然ではない」

「えっ？」

「代々崔家に仕えてきた占い師がいる。相当な歳で、胡散（うさん）臭いことこの上ない老婆だ。それゆえ、俺は今までその婆の言うことなど信じてはいなかった。しかし、玉璽を捜すことになった時、婆は俺に黄土高原へ行けと言った。おまえの存在を予言したのだ」

降って湧いたような話に、瑠音は目を見開いた。

今まで青覇は、そんな事情があったことをおくびにも出さなかった。

「では、ぼくたちが青覇様に出会ったのは、偶然ではなかったのですか？」

「本当のところなど、誰にもわからぬことだ。少なくとも俺は、おまえが婆の言う人間だとは思わなかった」

青覇の言葉に瑠音は少しほっとした。

最初から何もかもわかったうえで、愛妾にされたのではないのだ。

「それで今はどういう状況になっているのでしょう？　差しつかえなければ、ぼくにも事情を教えてもらえますか？」

「先年、皇都が襲われたのは、俺も兄も出払っていた時だ。俺は知らせを聞いてすぐに皇都へ戻った。そして皇城に居座っていた暴徒どもを討伐した。だが、玉璽の在り処はすでに不明となっていた。皇帝候補は俺と兄上のふたり。重臣どもは、皇都で反乱があった時は、何もせずに逃げ出したくせに、奴らが討伐されたことを知ると、すぐさま戻ってきた。そして、俺を推すか、あるいは兄上につくか、少しでも自分たちの有利になるよう暗躍している。とにかく、いつまでも次の皇帝が決まらないでは国の根幹にかかわる。それで、先に玉璽を捜し出した者が帝位に即くべしとなった」

青覇は整った顔をしかめて吐き捨てる。

話を聞いて、瑠音の気持ちは再び沈んだ。

玉璽らしき翡翠を持っていたのは自分だ。だから、今は青覇のほうが皇帝候補として優位に立っている。

そう思うと、何故か胸が痛くなってくる。

「瑠音、どうした？」

「いえ、別に……なんでもありません」

辛うじて応じると、ふいに青覇に顎をすくい取られる。

「これからも色々と言ってくる奴が現れるだろう。しかし、俺はおまえを手放す気はない。このまま俺が帝位に即けば、おまえはこの国で最高の庇護者を手に入れることになる。おまえも、そう望んでいただろう？」

青覇は瑠音の双眸をじっと見据えながら口にする。

自分で望んだ？

確かにそうだ。飛鳥にとって最高の庇護者は必要だ。でも、何故か胸が苦しかった。

「青覇様……、ぼくはこれからどうすれば？」

「おまえはそのままでいい。ずっと俺のそばにいるだけで……」

青覇はそう言って、笑みを深める。

「でも、ぼくは……あ、んぅ」

瑠音の言葉は途中で途切れ、逃げ出す間もなく口づけられる。

「んぅ……んんっ」

肩を抱き寄せられたうえで、濃厚に舌を絡められた。

口中を縦横に貪られると、徐々に身体から力が抜けていく。

「うう、んっ、ふ、……くぅ」

瑠音はくったりと青覇に縋(すが)りついた。

青覇の舌が動くたびに、何故か身体の芯が熱くなってくる。

抵抗しなければと思うのに、蕩けるような甘さに酔わされ、徐々に頭の中まで霞んでいくようだった。

「そんな顔をされると、歯止めが利かなくなるな」

「え、あ……っ」

口づけがほどけ、目の前にあった美貌に、瑠音は息をのんだ。

「皇都に戻ってから、おまえを抱いていない。今日はもう誰が訪ねてこようと追い返せ」

「御意に」

青覇の命に、控えていた側近の男が答える。

「あ、あの……ああっ」

どういうつもりか問い返そうとしたせつな、瑠音はいきなり横抱きにされた。

「ま、待ってください」

「騒ぐな。このまま部屋へ連れていくだけだ」

抗議の言葉はあっさり無視される。

瑠音は羞恥で真っ赤になったまま、青覇に抱かれて居室へ戻ることになった。

†

「しばらく、人払いしておけ」

「はっ」

部屋へ戻った青覇は、集まってきた侍女たちもその場から下げてしまう。

瑠音が下ろされたのは、奥の間の寝台だった。

箱形で、上から薄物の帳が下ろされている。

褥(しとね)に横たえられて、瑠音はさらに焦りを覚えた。

青覇の目的は明らかだ。ここで自分を抱くつもりだろう。

しかし、こんな真っ昼間から色事に興じるなど羞恥の極みだ。飛鳥は今、別室で侍女たちが面倒を見ているはずだが、いつ、困ったことになるかもわからない。

「あ、あの青覇様、いくらなんでも、今ここで、というのはやめていただけませんか?」

「何故だ?」

「だ、だって、こんなの……あぁっ」

抗議している間に、青覇は寝台に乗り上げてくる。

上から肩を押さえられ、瑠音は逃げ場を失った。

青覇は青の瞳で熱っぽく自分を見つめている。

「瑠音、よいな?」

「……青覇様……」

吐息をつくように名前を呼ぶと、青覇の美貌が迫り、噛みつくように口づけられた。

「んっ」

熱い舌が滑り込み、ねっとり絡められると、甘い唾液が溢れてくる。

青覇は、瑠音の身体から完全に力が抜けるまで執拗に口づけを続けた。

「ん……う、くぅ……」

口内をくまなく舌で探られると、熱くなってくる。

「いや、ではないようだな?」

口づけをほどいた青覇が、微笑を浮かべて念を押す。

瑠音はいちだんと頬を染めたが、もはやいやとは言えなかった。

「まだ時間が早いのに」

辛うじてそう抗議したが、青覇はかまうことなく、指先を伸ばしてくる。

唇のラインを思わせぶりにたどられて、瑠音はもう観念するしかなかった。

もともと青覇の夜伽を務める約束になっている。

青覇はきちんと飛鳥を守ってくれているのに、自分だけが約束を破るわけにはいかなかった。

「瑠音、おまえを見ていると、我慢が利かなくなる」

青覇は熱っぽく名前を呼び、逞しい身体を伏せてきた。

深衣の合わせから手が入り込み、いきなり乳首を指で摘まみ上げられる。

「ああっ」

きゅっと押し潰されただけで、思わぬ刺激が身体中を走り抜け、瑠音は高い声を放った。

次の瞬間、待ちきれなかったように勢いよく衿を開かれ、白い肌が外気にさらされた。

青覇はさらに顔を伏せ、あらわになった肌に舌を這わせてきた。

「ん……っ！」

喉の窪みから平らな胸へと舌が滑り、丁寧に舐められる。

胸の尖りはほんの少し舌先が掠めただけで、痛みを訴えるほど硬くなった。

「あ、青覇様……あっ」

先端を口に含まれると、もう声を抑えていられない。

男に抱かれて、自分がこんなに淫らになるとは、思わなかった。

恥ずかしいのに、指と舌で丁寧に乳首を刺激されると、どうしようもなく感じてしまう。

過敏になった先端を弄られると、快感が下肢まで突き抜けていった。

「どうした？　今日はずいぶん感じているようじゃないか。胸を弄られるのがそんなに気に入ったか？」

「は、恥ずかしいから、い、言わないで……っ、そ、それに、胸はもう……いやだ」

「遠慮するな。感じているなら、もっと可愛がってやる」

青覇はそう言って、再び乳首を口に含んだ。

先端に歯を立てて、前後に擦られ、さらにかりっと囓られる。

「ああっ」

悲鳴を上げたとたん、今度は舌先で丁寧に舐められ、瑠音は身体をくねらせるだけだった。

青覇は、瑠音が泣き声を上げるまで、執拗に胸への愛撫を続けた。

「やあ、っ……く、ううぅ」

ぷっくり勃ち上がった粒は、触れられるたびに、痛みを訴える。

自分の淫らさが恥ずかしく、懸命に身をよじっていると、青覇の舌は胸の粒を離れ、もっと下へと移動していく。

深衣が大胆に捲られ、あらわになった肌をくまなく舐められて、瑠音は必死に浅い呼吸をくり返した。

青覇は舌を這わせながら、すべての衣類を取りのけてしまう。

恥ずかしいことに、あらわになった下肢で、中心が勢いよくそそり勃っていた。

「いやだ、こんなの…」

あまりの浅ましさに涙が滲んでくる。

だが、青覇は口元をゆるめ、宥めるような声を出した。

「何も恥ずかしがることはない。感じているおまえは可愛らしい」

「い、言わないでください。ぼくがこんなになったのは、あなたのせいだから」

思わず反撥すると、青覇はさらに笑みを深める。

「そうか、俺のせいか。それはいいことを聞いた。だったら、もっとおまえを淫らにしてやろう」

青覇はそう言いながら、瑠音の下半身のほうへ身体をずらした。

はっと身を硬くするが、逃げる暇さえなく、中心を咥えられる。

「ああぁっ、く……うぅ」

圧倒的な快感で、瑠音は呻き声を上げた。

青覇は技巧を凝らして責め立ててくる。深く咥えられ、幹には丁寧に舌を這わされる。

身体の奥が疼くように熱くなって、先端にはたちまち蜜が滲んできた。

「あぁっ、あ……くっ」

無意識に腰をよじると、青覇は蜜で濡れた窪みも舌先で突くように刺激する。

「や、あんっ、んく……っ」

あられもなく、一気に極めてしまいそうになったが、気配を察した青覇が意地悪く愛撫をやめる。

「まだだ。もう少し我慢しろ」

「そ、そんな……もう、駄目……」

弱々しく訴えると、青覇はようやく瑠音の下肢から顔を上げた。

「仕方ない。それなら、次は後ろか？」

青覇はなんでもないように恐ろしいことを言い、瑠音の腰を両手でつかんだ。

そのままくるりと俯せの体勢を取らされる。

腰だけ高くされた格好で両足を開かされ、瑠音は羞恥のあまり気がおかしくなりそうだった。

深衣と下衣は、すでにほとんど取り払われて、双丘が剥き出しになっている。

両足の間の恥ずかしい窄まりまで、すべて青覇の視線にさらされているのだ。

「いやだ、こんな……」

弱々しく首を振ると、青覇は最初から狙ったように、蕾に舌を這わせてきた。

「い、……やあ、んっ」

剥き出しにされた窄まりをねっとり舐められて、瑠音は鋭く息を吸い込んだ。

ほんの少し舌でなぞられただけなのに、蕾の奥までがあやしいざわめきを起こしている。それと同時に、張りつめたままで放り出されたものもびくりと揺れる。

淫らな反応を示してしまい、瑠音は心底恥ずかしかった。

それなのに青覇は唾液を送り込むように、何度も何度も丁寧に窄まりを舐め上げる。

「ああっ……ふっ、……うぅ」

腰を逃がそうと思っても、青覇の手で押さえられている。

「瑠音の身体はどこも甘い」

青覇はぽつりと呟き、そのあと尖らせた舌を中まで潜り込ませてきた。

唾液で充分濡らされていた蕾は、嬉々として青覇の舌を受け入れる。

恐ろしいことに、犯されているうちに、舌だけでは物足りなさを感じるようになってしまう。

熱く疼いてたまらない場所に、もっと力強いものを埋めてほしかった。

「や、あぁ……っ、う、くっ」

秘所の中までたっぷり舌で犯される。奥から新たな快感が湧いてくる。

「あ、青覇……様……っ」

瑠音は羞恥も忘れ、ねだるように腰を揺らした。

青覇はようやく舌を抜き、代わりに指を二本、挿し込んでくる。最初から敏感な壁を狙ったように抉られて、瑠音はあられもなく仰け反った。

「ああ、っ！」

ひときわ強い震えがきて、思わず極めてしまいそうになる。

だが青覇がすかさず根元を押さえ、瑠音はぶるりと身体を震わせた。

「やはり、出てきたか」

青覇は謎めいたことを言いながら、空いた手を腰から上へと滑らせていく。

中に指を咥え込んだまま、肩胛骨のあたりまで宥めるように撫でられて、瑠音はひときわ大きく身体を震わせた。

「いやだ……もう」

「もう我慢できないのか？」

瑠音は恥ずかしさを忘れ、こくりと頷いた。

すると、すかさず指が引き抜かれ、身体を表に返される。

青覇は手早く自身の深衣を脱ぎ捨て、薄物をまとっただけの格好で、瑠音の腰をとらえた。

両足を広げた格好で、高く腰を浮かされる。そして蕩けた窄まりに、熱くなったものが擦りつけられた。

「瑠音、おまえは俺のものだ。いいな？」

「んっ」

頷いたとたん、猛々しく滾ったものをねじ込まされる。

狭い場所を割り広げ、巨大なものがみっしりと奥まで進んでくる。

「うく、あぁぁ……、うぅ」

瑠音は懸命に息をつきながら、青覇を受け入れた。

どこまで犯されるのかと思うと、怖くなる。でも、それは一瞬のことで、最奥まで受け入れると同時に、強い快感が走り抜けた。

青覇は我が物顔で狭い場所を押し広げ、熱く息づいている。

中の粘膜がざわめくように、逞しいものに絡みつく。

「すごいぞ、瑠音。おまえは覚えがいい」

青覇はそう言って、いきなり激しく動き始める。

「ああっ」

蕩けた壁が強く擦れ、瑠音は悲鳴を上げた。

青覇は続けざまに腰を突き上げてくる。深く貫いたままで瑠音の腰を押さえ、ゆっくり奥を抉りながら、何度も何度も掻き回された。

「ああっ、あっ……や、あ、くっ」

揺らされるごとに、嬌声(きょうせい)が上がる。

瑠音は男に突き上げられるたびに、白銀の髪を振り乱して細い身体をくねらせた。

「そう煽(あお)られると、こっちも保たないな。一度中に出すぞ」

青覇は吐き捨てるように言い、いきなり突き上げる動きを速くした。

「ああっ、あっ、あ、んんぅ」

最奥を激しく抉られて、白濁を噴き上げる。

ほとんど同時に、青覇もひときわ強く腰を突き上げて、最奥へと熱い欲望を迸(ほとばし)らせた。

「瑠音、おまえはほんとに可愛いな」

「あ、ん、うぅ…………」

瑠音は甘い囁きを聞きながら、意識を薄れさせていた。

五

「瑠音様、こちらの深衣などいかがでしょう？　鮮やかな朱色は、瑠音様の神秘的な白銀の御髪をよりいっそう引き立てますので」

「それとも緑の濃淡がきれいに出ているものにしますか？　こちらは瑠音様の翡翠色の瞳に、非常に合っておりますよ？　最近では、瑠音様のことを翡翠の君とお呼びする者も多くおりますし」

次から次へと鮮やかな衣装を見せられ、しかも、翡翠の君などという呼ばれ方までされて、瑠音は大きくため息をついた。

結局、その翡翠色の深衣が選ばれ、瑠音は頭の天辺から爪先まで、一分の隙もないほど着飾らされる。

侍女たちは今、瑠音をいかにして磨き上げるかに全勢力を費やしている様子だ。

それというのも、いよいよ青覇の登極(とうきょく)が近くなったと噂(うわさ)されているからだ。

侍女たちは青覇が即位すれば、瑠音がそのまま正妃になると信じているようだ。男であることは知られているのに、疑問に思っている者は少ない。

信じられない事態だったが、皆、飛鳥のことも大切にしてくれるので、瑠音としては成り行きを傍観しているしかなかった。

「るねぇ、あのね、あのね」

あっさりした青の深衣を着た飛鳥が、ぱたぱたと足音をさせながら駆けてくる。

そのままどんとぶつかってきた飛鳥を、瑠音はしっかりと抱き上げた。

「どうした、飛鳥？　ずいぶんご機嫌だけど」

「あのね、わんわんいたの」

目を輝かせながら言う飛鳥に、瑠音は首を傾げた。

「わんわん？」

「うん、わんわん。あっち」

飛鳥は嬉しげに、にっこりと笑いながら、後方を指し示した。

侍女のひとりが首に赤い紐をつけた仔犬を抱いている。

白と黒の被毛を持つ小型犬は、ペキニーズだろうか。

「その犬は？」

「はい。殿下が飛鳥様のために取り寄せられた仔犬にございます」

「青覇様が？」

瑠音は驚きの声を上げた。

この世界で飛鳥をどう遊ばせるか、いつも頭を悩ませていたのだ。遊び道具ひとつ取っても、元の世界とあまりに違いすぎる。

「あしゅかのわんわん」

飛鳥はそう言いながら、そおっと白と黒の仔犬に触れている。

ペットを可愛がるのは、情操教育のためにもよいことだ。

今までまったく思いつかなかった。だからこそ、青覇が飛鳥を気にしてくれていたことを嬉しく思う。

「飛鳥、よかったね？　青覇様に会ったら、ちゃんとわんわんのお礼を言おうね？　ありがとう、って」

「うん、ありがとする」

飛鳥はそう言いながら、そおっと仔犬の背を撫でている。

そのうち、仔犬は侍女の手から飛び下りて、飛鳥の足元にすり寄ってきた。

しゃがみ込んだ飛鳥に、仔犬はますます近づいて、ぺろりと頬を舐める。

「ひゃあ」

飛鳥は一瞬、びくっとしたように飛び退いたが、笑顔のままだ。

仔犬は調子に乗ったように飛鳥にのしかかり、さらにあちこち舐め始める。

飛鳥は両手を広げて、仔犬を抱きしめた。

ずっといい子にしていたけれど、ここまで嬉しそうな顔は久しぶりだ。

飛鳥にこの笑顔をもたらしてくれた青覇に、再び感謝の念が湧いた。

「青覇様にお礼を申し上げたいけれど……」

瑠音の問いに、飛鳥についてきた年若い侍女は満面の笑みを浮かべた。

「殿下は間もなく、こちらへおいでになりますよ？　瑠音様のご機嫌はいかがかと、ずいぶん気になさっておいででしたので」

「殿下は本当に瑠音様を大切になさっておられますから」

横から瑠音付きの侍女が口を出す。

皆が何かを期待するように見つめてくるので、瑠音はいたたまれない思いに駆られた。

崔青覇は間もなく玉座に即く。そして青覇の寵愛をほしいままにしている瑠音が、正妃となるだろう。飛鳥まで可愛がっているのは、何よりの証拠だろう。

皆の頭の中にはそんな図式が思い浮かんでいるようだった。

そして、さほど間を置かずに、噂の張本人が姿を現す。

「飛鳥、どうだ？　仔犬は気に入ったか？」

青覇はそう言いながら、大股で近づいてきた。

鍛え上げた長身に上品な深衣を着た姿は、いつ見ても惚れ惚れするほどかっこいい。

床に座り込んで仔犬を抱き寄せていた飛鳥は、青覇を見てぱあっと顔を輝かせる。

「しぇいはしゃま」

「飛鳥、犬はどうだ？　気に入ったか？」

青覇はわざわざ片膝をついて、飛鳥と視線を合わせる。

次の瞬間、飛鳥は仔犬の紐を握ったままで、ぱっと青覇に抱きついた。

「あ、飛鳥……っ」

いきなりのことで、瑠音は息をのんだ。

「わんわん、ありがと」

飛鳥は爪先立ちでしっかりと青覇に抱きつきながら礼を言う。

一方で、青覇はこんなふうに子供に抱きつかれたことなどないのだろう。

驚きで固まったような微妙な顔つきだった。そのあと青覇は、わざとらしく咳払いをしながら、しがみついていた飛鳥を仔犬ごとそっと抱き寄せる。

珍しいものを見て、瑠音は思わず頬をゆるめた。

「そうか、飛鳥は仔犬が好きか？」

青覇は抱き寄せていた飛鳥から手を離し、次には飛鳥の頭をわしわしと撫でる。

「やん」

撫で方が強かったのか、飛鳥は首をすくめたが、嬉しげなのは変わらなかった。

「青覇様、飛鳥に仔犬を贈ってくださって、ありがとうございました」

瑠音が心からの礼を言うと、青覇はすっと立ち上がって手を伸ばしてくる。

あっと思う暇もなく、腰を引き寄せられて、瑠音は焦り気味に両手を突き出した。

青覇は時と場所に関係なく、瑠音を抱き寄せる。でも今は飛鳥が目の前にいるのだ。

「すみません。飛鳥が見ている前では……」

顔を赤らめつつ言い訳すると、青覇は案外素直に瑠音を自由にした。

いつも強引だけど、決して無理強い（むりじ）はしない。絶妙な加減を心得ている青覇にはやはり勝てない。

「飛鳥、その仔犬を連れて散歩に行くか？」

「おしゃんぽ？」

飛鳥は可愛らしく小首を傾げる。

「ああ、そうだ。犬は毎日散歩させなければならない。だから、瑠音も一緒に連れて、犬の散歩だ」

「るねもいっちょに？」

「嬉しいか？」

「んっ、うれちい」

飛鳥はすっかり青覇に懐いている。大きな手を差し出されると、なんのためらいも見せずに、自分の小さな手を預けた。空いた手では仔犬の赤い紐を握っている。

こうして多少たどたどしくはあるが、三人で犬の散歩に行くことになったのだ。

もっとも皇帝候補ナンバーワンの青覇ゆえに、一定の間隔を置いて、大勢の家来と侍女たちが従う。

瑠音は少し落ち着かない気分だったが、飛鳥は楽しそうに歩いている。

宮殿の庭を散策したあと、城門をくぐってさらに先へと進んだ。

「飛鳥、あっちの宮殿を見に行くか?」

「うん」

青覇が指さした先には、この地域でもひときわ目立つ壮麗な宮殿が望めた。

「よし、それならちゃんと犬の紐を握ってるんだぞ?」

青覇は不思議と小さな子供の扱いを知っている。飛鳥を飽きさせないようにうまく誘導していく。

飛鳥のものとなった仔犬は、途中で縄張りを主張しながらも、元気に紐を引っ張って駆け回った。

そして飛鳥が疲れたとみると、青覇はすぐに広い背中を向けて腰を落とす。

「おんぶしてやろう」

「ん」

「仔犬の紐は瑠音に持ってもらえ。しっかりつかまれよ?」

「はーい」

飛鳥は素直に紐を預けて、青覇の背中にしがみついた。

青覇はこの国の王様になるかもしれない人だよ？

瑠音はそう教えたかった。でも幼い飛鳥には、それがどういうことか理解できないだろう。

しばらく犬の散歩を続けると、途中で足を止めた青覇が何気なく告げてくる。

「瑠音、あそこに見えるのが太極殿だ。明日、翡翠の真贋について、話し合いが行われることになっている。おまえも呼ばれているから、そのつもりでいてくれ」

「ぼくも、ですか？」

「ああ、明日は主立った重臣どもが集まる。おそらく兄上も顔を見せるだろう。明日の話し合い次第で、次の皇帝が決まる」

「次の皇帝……」

瑠音は呆然と呟いた。

そのように重要な場に自分が呼ばれるとは、信じられない話だ。

間近に迫った太極殿は、ひときわ大きく壮麗な宮殿だった。しかし、青覇が裏手にまわると、そこには無惨な襲撃の跡も残されていた。

外壁が破壊され、美しい朱色に塗られた柱もところどころ折れ曲がっている。そのうえ惨憺たる焼け跡まで残っていたのだ。

「さっさと修復すればよいものを、重臣どもは先に皇帝を決めるべきだと騒いでいて、このとおりの無様さだ」

青覇は腹立たしげに吐き捨てる。

皇帝不在のまま約一年が過ぎたと聞いた。太極殿は朝廷でもっとも大切な場所だろう。そこを崩壊させたままで放置しているのは確かにまずいだろう。

しかし、それより気になるのは明日のことだった。

また翡翠のことで責められるのかと思うと、不安になる。

「明日、ぼくは何をすればいいんですか？」

瑠音がそう問うと、青覇はふいに真剣な顔で振り返る。

「瑠音。おまえには少し酷なことを強いるかもしれない」

「酷なこと、ですか？」

不穏な物言いに、瑠音は不安を増大させながら問い返した。

「おまえにやってもらうことがある。おそらくそういう展開になるはずだ。だから事前に言っておく。何があったとしても、俺を信じろ」

「青覇様を？」

「ああ、何があったとしてもだ。おまえは俺を信じていればいい。決して悪いようにはしないと約束する。だから、何があっても俺を信じていろ」

青い瞳で真剣に見つめられ、瑠音は我知らずこくりと頷いた。

もとより、すべて青覇に依存している状態だ。瑠音には他の選択肢などなかった。

†

翌日、青覇は言葉どおり瑠音を伴って、あの太極殿へと赴いた。

正式な会議が行われるらしく、瑠音は侍女たちの手でいつも以上に着飾らされている。紅の地に複雑な縫い取りを施した深衣は瑠音の白い顔と白銀の髪を際立たせ、帯や大袖、衿元には神秘的な瞳と同じ美しい緑があしらわれている。

横を歩く青覇も青と銀を組み合わせた豪華な深衣姿だった。

会談が行われたのは、太極殿の奥の間だった。

磨き上げた板張りの部屋に、向かい合わせで十ほどの席が設けられている。

青覇は右の上座、一段下がった場所に瑠音。青覇の向かいには若い男が座していた。青覇と似たところはないが、その青年も顔立ちが非常に整っており、身なりも洗練されている。

おそらくこの青年が、青覇の兄だという鳳青(ほうせい)だろう。

そして、一段下がった場所には、昂国の重臣らしき男たちが相対して座っている。

重臣たちは、それぞれが推す皇子の側に並び、どことなく険悪な表情で睨み合っていた。

もうひとり、どの陣営にも属さない真ん中の末席に、小柄で痩せた老女が座っている。

しかし、白っぽい深衣を着たこの老女こそが、ここに集まった者たちを主導する立場らしい。

青覇の側近の若者が、翡翠を発見するにいたった経緯を簡単に説明する。

「では、その翡翠、とくと見せてもらおうかの」

老女は末席にいるにもかかわらず、遠慮のない声で言い放つ。

青覇の側近がすぐさま翡翠を載せたお盆を、老女の前へと運んでいく。

老女は皆が固唾をのんで見守る中、無造作に翡翠を取り上げ、しげしげと観察していた。

「ふむ、なるほど。そういうことか……、これは間違いなく失われた玉璽であったものに相違ない」

老女の呟きに、すかさず反応したのは青覇の派閥に属する臣下だった。

「では、青覇様こそ、次期皇帝ということで決定ですな」

「待て、待て！　いったい何をもって、青覇様を後継と言われるのだ？　第一皇子は鳳青様。青覇様の母君は正妃様なれど、鳳青様はすでに政務を行われておる実績がおありだ。文武両道に優れ、人徳もおありだ。これ以上皇帝に相応しいお方はおられぬであろう」

「玉座に相応しいのは青覇様のほうぞ。皇都から暴徒どもを追い払ったのは、他ならぬ青覇様。その功労こそ、玉座に相応しい。しかも青覇様の母上は正妃様。鳳青様には申し訳ないが、格が違うというもの」

「青覇様を玉座にお即けするわけにはまいらん。国の先行きがどうなることか」

「鳳青様こそ、玉座に即かれれば、すぐに国が滅びてしまいかねん」

ひとりが口を出せば、またひとりが反論する。座はあっという間に、喧々囂々(けんけんごうごう)とやり合う場となった。

青覇と兄の鳳青は黙したまま、ただ成り行きを静観している。

「皆、黙らぬか！」

一喝(いっかつ)したのは、あの老女だった。

痩せて小柄な身体のどこからあれほどの大声が出せたのか、信じられない展開だ。

一同は、老女の叱責(しっせき)で、いっせいに口を噤(つぐ)んだ。

老女は満足そうに皆に視線を走らせ、そして何故か瑠音をじっと見つめてきた。

「その方(ほう)か。あの翡翠を持ってきたのは」

問いは明らかに瑠音に向けられていた。

指名されたも同然で、答えないわけにはいかない。

「翡翠はぼくの姉が息子に残した遺品です。姉がどうやってあの翡翠を手に入れたのか、わかりません」

瑠音は何度もくり返してきた話をした。

老女は落ち窪んだ目でじっと見据えてくる。

何故か丸裸にされたような気分になり、瑠音は我知らず身体を震わせた。

老女はすっくと立ち上がり、瑠音に近づいてくる。

「そなたからは強い力が放たれておる。まことに不思議じゃ。このように長生きして、初めてのこと」

老女の言い方は不気味だった。

思わず身をすくめていると、とうとう眼前で顔を覗き込まれる。

他の者は圧倒されたように、成り行きを見守っているだけだった。

そんな中で、青覇が静かに席を立ち、瑠音を庇うように肩を抱き寄せる。

「この者は我が后とした。お婆はこの瑠音にどんな力があると言うのだ？」

「翡翠は昂国の玉璽であったものに相違ない。しかし、ふたつに割れておっては話にならぬ。その者は、いまだ行方の知れぬもう片方の翡翠を見つけ出す鍵となるじゃろう」

老女の言葉に、瑠音は息をのんだ。

まわりからも、いっせいにどよめきが上がった。

気になって青覇の様子を窺うと、何故かにやりと口元が綻んでいる。

「やはりな、何かあると思っていたが、もうひとつの翡翠を見つける鍵だとは……」

低く呟かれたのは、想像さえしていないことだった。

不安に駆られて見上げると、青覇は青い目で宥めるように見つめてくる。

俺を信じろ。

そう言われたことを思い出し、瑠音はこくりと頷いた。

青覇は老女に目を移し、再び口を開く。

「お婆に見せたいものがある」

「その者のことか？」

「そのとおり。しかし、この場で他の者に見せるわけにはいかぬ。別室までつき合ってもらおうか」

「よかろう」

青覇に促され、瑠音も立ち上がる。

三人で別室へ行こうとすると、他の者たちから抗議の声が上がった。

「お待ちください。その者にいったい何を見せる気なのですか？」

「ここは次の皇帝を決める重要な場。我らに秘密で何をなさろうというのだ？」

鳳青側の重臣から、次々に非難が飛んでくる。

しかし、それを黙らせたのは、またしても小柄な老女だった。

「黙らっしゃい。次の皇帝は失われた玉璽を手にした者。そう予言はくだされておる。しかし、この場にある翡翠だけでは、玉璽と認めるわけにはいかない。だが、青覇様はすでに手がかりをお掴みのようじゃ。まずは、わしが確かめてくるゆえ、他の者はこの場で待っておれ」

老女の持つ発言力に、瑠音は不審を覚えた。

いったい何者なのか、末席にいたにもかかわらず、この場を支配するほどの力を持っていることが不思議でたまらなかった。

三人で別室へと移ったあと、青覇はおもむろに説明を始めた。

「瑠音が鍵になりそうとのこと、俺も同意だ。証拠を見せよう」

「ふむ、証拠とな」

青覇は瑠音の肩を抱き寄せ、思わぬことを言う。

「消えた玉璽の印文は瑠音の背中に移っている。ゆえに、もう片方もおそらく瑠音がなんらかの力で捜し当ててくれるのではないか」

「青覇様？」

思ってもみない言葉に、瑠音は首を傾げた。

背中に何があると言うのだろうか。

「ほお、この者の背に玉璽の印文とな。それを見せてみろ」

「承知。さあ、瑠音、着物を脱いでお婆に背中を見せてやれ」

「ま、待ってください。今、この場でですか？　それに、ぼくの背中にいったい何があるというのです？」

焦り気味に抗議すると、青覇は宥めるように手を握ってくる。

「瑠音、忘れたか？　俺を信じろと言っただろう。怖いことはない。最後まで見守っているから、言うとおりにしてくれ。ほんの少し背中を見せるだけだ」

疑問だらけで訊きたいことがいっぱいあった。

それでも、瑠音はこくりと頷いた。

青覇が信じろと言うなら、自分はそれに従うだけだ。

瑠音はふたりに背中を向けて、深衣を脱ぎ落とした。そのあと下衣を帯紐から少し引っ張り上げて、肩から袖を滑らせる。

現れたのは傷ひとつない白い背中で、老女は訝しげに目を眇めた。

「何もないではないか」

「ああ、このままでは何も見えぬ。だが、こうすると……」

青覇は言葉とともに、前からふいに瑠音を抱きしめた。

「え？　あ、何を？」

抱き寄せられたと同時に、青覇の手が胸に触れ、瑠音は焦った声を上げた。

青覇は何を思ったか、いきなり乳首を摘まみ上げる。

きゅっと捻られて、瑠音は息をのんだ。

後ろで見られているのに、甘い痺れが走り抜ける。

「せ、青覇……様……っ」

「まだ、このくらいでは変化はないな。瑠音、俺に抱きついていろ。いいな？」

「な、何をなさるのですか？」

「いいから、俺を信じろ」

短く叱責され、瑠音はわけがわからないまま、青覇に縋りつく体勢になった。

だが、その青覇の手が腰にまわり、いっそう強く引きつけられる。そして、あろうことか、もう片方の手が中心へとまわされた。

「やっ、ああっ」

深衣の合わせから青覇の手が中に滑り込み、しっかりと中心を握られる。

軽く上下されただけで、そこは節操なく硬くなった。

「いや、こんな……ところで……ああっ」

青覇の手の動きは絶妙で、快感は堪えようがなかった。

どうしてこんな真似をと思うのに、根元からしごかれると、どうしようもなく昂ぶってしまう。

青覇は知り尽くした瑠音の身体を自在に扱った。

瑠音は後ろで見られているにもかかわらず、追い詰められていく。

「やっ、やめ……っ、こんな場所で……、せ、青覇様、お願い……っ」

瑠音は息も絶え絶えに訴えた。

それでも青覇の愛撫は止まらず、指で先端の窪みまで刺激される。

「くっ、うぅぅ」

「おお、背中に淡紅色の痣が浮かび上がってきおった」

老女の声に呼応するように、青覇が耳に口を寄せてくる。

「瑠音、もう少しだ。何も考えるな。俺の手だけを感じていればいい」

囁きは甘い誘惑だった。

がっくり力が抜けてしまい、快感だけに支配される。

「あ、ああ……あぁ」

瑠音は背中を仰け反らせ、甘い呻きを漏らした。

「大丈夫だ。そのまま達っていいぞ」

「あ、あくっ……あ、んんぅ」

ひときわ強く擦り上げられて、瑠音はあっさり噴き上げた。

青覇の大きな手に、とろりとしたものが受け留められる。

力が抜けて、そのままぐったり青覇にもたれる。

改めて羞恥が込み上げてきたのは、その青覇がやけに冷静な声を出した時だった。

「どうだ、お婆。何かわかったか？」

「ふむ、なるほどのぉ……、この者が玉璽の印文を身に宿しているのはわかったが、片割れを捜す指標まではわからなんだ」

「どうにかなるか？」

「この者を我に預けてくれれば、色々とやってみるが」

「冗談じゃない。お婆のように怪しげな者に、大事な瑠音を預けられるか」

瑠音はふたりのやり取りを聞いて、呆然となっていた。

恥ずかしい真似をさせられたのは、自分の背中に浮き出るというもののせいだ。

でも瑠音は、そんなものが背中にあるとは一度も聞いていない。

「どういう……こと、なのですか？」

瑠音は襲いかかる胸の痛みに耐えながら、辛うじて青覇に訊ね返した。

散々、俺を信じろと言われたが、今の今までこのことを秘密にしていたのは青覇のほうだ。

そんなものが背中にあるなら、どうして事前に教えてくれなかったのだろう？

「事情はあとで説明してやる。そしてお婆よ、瑠音をおまえに任せるつもりはないが、他の方法を見つけ出せ。ふたつの翡翠が揃って初めて玉璽の形を成すなら、もう片方の翡翠も、瑠音を介して見つけられるかもしれぬからな」

青覇は瑠音の不満を抑え、老女に命じる。

「まったく、人使いの荒いお人じゃ」

老女はぶつぶつ言いながらも、にやりと笑っている。

歯の抜けた笑顔に、瑠音は背筋がひやりとなった。

胸の内では青覇に対する不審が徐々に大きくなっていく。

もしかして、自分は最初から道具のように利用されるだけの存在だったのだろうか。

そんな疑問が芽生えてしまい、さらに胸が痛くなるだけだった。

†

青覇は重臣たちとの話し合いがあるとのことで、瑠音はひとりで宮殿へと帰された。

色々と事情を聞き出さないことには落ち着かない。けれども、青覇が戻ってきたのは夜も更けた頃だった。

「青覇様！　今日のあれ、どういうことなんですか？」

瑠音は青覇の顔を見たと同時に問い詰めた。

飛鳥は別室ですでに眠っている。侍女たちも次の間で控えているらしく、部屋にはふたりだけだった。

「とにかく、ここへ座れ」

青覇はゆったりと長椅子に腰を下ろし、すぐ隣を指し示す。

瑠音は険しい顔つきで、青覇を見据えた。

隣に座るのがなんとなく恐ろしかった。

自分ひとりの力では飛鳥を守りきれない。そんな時に青覇はさっそうと自分たちの前にやって来た。翡翠を渡し、夜伽を務めることと引き替えに、瑠音は飛鳥の安全を手に入れた。身体で安全を手に入れるなど、理不尽なやり方だ。でも、それを強要されたわけではないので、瑠音はむしろ青覇に感謝していた。

何よりも、飛鳥のために最高の環境を与えてくれたのだから。

けれども、それが青覇の厚意ではなく、計算尽くのことだったとしたら、どうなのだろう？

すべてが最初から巧妙に仕組まれ、自分はただ青覇の手の内で踊らされていただけなのだとしたら？

先ほどから頭の中に渦巻いている不審が、ますます膨れ上がっていく。

瑠音は唇を噛みしめてから、静かに口を開いた。

「ぼくの背中に何かあること、青覇様は最初からご存じだったんですよね？」

「ああ、知っていた。おまえを最初に抱いた時に見たからな」

なんでもないように言われ、瑠音はかっと頬を染めた。

「……どうして、教えてくれなかったんですか？」

「言う必要があったか？」

「……っ、そんな……」

思わぬ反撃を受け、瑠音は二の句を継げなかった。

「むしろ、俺のほうが問いたい。おまえは自分の背中にあの文字が浮き出ることを知っていたのか？」

「そんなの知りません！　ぼくにはなんのことだか……」

怯んだ瑠音を見て、青覇はふっと表情をやわらげる。

「ま、そうだろうと思っていた。自分の背中など、そうそう見る機会はないだろう。どんなものか、見たいか？」

「え？」

いきなりの問いかけに、とっさには答えることもできない。

「まずは、おまえの身体に何があるのか、知っておいたほうがいいな」

青覇はそう言って、パンと小気味よく手を叩いた。

控えの間から侍女がするすると近づいてくる。

「言いつけておいたものをここへ」

「すぐに、お持ちいたします」

待つほどもなく侍女たちの手で大きな銅鏡がふたつ運び込まれてくる。

この世界には現代のような鏡は存在しない。一般に使われているのは、青銅などを磨き上げた鏡だ。普段使っているのは直系が三十センチほどの丸鏡だが、運ばれてきたのは高さが一メートルはありそうな巨大な銅鏡だった。

青覇の指示で、その鏡は奥の寝台の両脇に向かい合わせで据えられた。

「おまえたちはもういいぞ」

青覇は侍女たちを下がらせ、瑠音に手を差し伸べてくる。

なんのために鏡が設置されたのか、改めて考えるまでもないことだ。

「ぼ、ぼくは……」

瑠音は我知らず後じさった。

すると青覇は不機嫌そうに眉根を寄せる。

「どうした？　身体の秘密を暴かれたことで、俺に抱かれるのが怖くなったとでも言う気か？」

青覇の声には一片の優しさもない。

瑠音は腹立たしさに襲われて、激しく首を左右に振った。

「別に怖くなんかありません！」

「そうか、なら、寝台の上で裸になれ。たっぷり可愛がってやる。おまえが感じれば感じるほど、背中の文字が濃く浮き出てくる」

「あ……」

もはや退くに退けなかった。

太極殿では、自分で確かめることができなかった。背中に文字が浮き出るという不思議な現象。それをこの目で見たいという気持ちはある。

瑠音はきつく青覇を睨んでから、ふいっと背を向けた。

少なくとも怯えていると思われることだけは避けたい。

すべては自らの意志でなしていることだ。せめて、そのぐらいの矜持は保っていたかった。

だが奥の寝台に腰を下ろすと、急に羞恥が込み上げてくる。

触れられて気持ちよくなるのは仕方ないと思う。青覇は決して無理なことをしない。瑠音を怖がらせないように少しずつ愛撫を施し、最後には大きな快楽を与えてくれる。

でも、どんなに気持ちよくなったとしても、それに溺れてしまいたくはなかった。

青覇は支配者であって、恋人でもなんでもないのだから。

瑠音はぎこちない手つきで帯をゆるめ、重ねた深衣を脱いだ。下衣のみになった時に、青覇が横から手を出してくる。

「瑠音、覚悟はできているようだな。それとも、いやがって見せているわりには、期待しているのか？　太極殿では中途半端に終わったしな」

皮肉っぽい言葉に、瑠音の怒りはさらに強くなった。

偉そうなことを言っても、おまえは快楽に弱い。

そう指摘されたようで、いたたまれなかった。

「ぼくは逃げたりしません。背中の痣を見るのに必要なことなら、お願いします」

辛うじてそう言い返すと、青覇はにやりと口元をゆるめる。

そうして、おもむろに手を伸ばしてきた。

下衣の合わせを開かれると、真っ白な肌が露出する。

青覇は狙ったように、胸の突起に触れてきた。

「んっ」

ほんの少し触れられただけで、身体中に刺激が走る。

しかし青覇は思わせぶりに乳首を掠めただけで、すぐに手を引いてしまう。

「全部、脱いでしまえ」

「く……っ」

冷徹な視線にさらされながら、着物を脱いでいくことに屈辱を感じる。

けれども、それさえ青覇の計算の内なのか、瑠音の動悸は否応なく高まっていった。

全裸になった瑠音は、両腕を交差させて、寝台に身を横たえた。

青覇はじっくり検分するように瑠音を見つめる。

「相変わらず、きれいな肌だ。胸は平らなのに、女よりずっとそそる」

「……っ」

これは単なる言葉遊び。

青覇はわざと自分を怒らせるつもりだ。

煽られて言い返せば、倍になって返ってくるだけだ。

瑠音は無言を貫き、しっかりと青覇の顔だけを見つめていた。

青覇は再び手を伸ばし、いきなり下半身に触れてくる。

太腿(ふともも)の内側をするりとなぞられて、瑠音は思わず息をのんだ。

堪えようと思っても、中心に血が集まってくる。直接触れられたわけでもないのに、そこは瞬く間に芯を持って勃ち上がった。

「くくっ、いい反応だ」

青覇は食い入るように瑠音を見つめ、さらに際どい部分を撫でてくる。

「やっ……んぅ」

堪えようと思っても、中心は完全に勃ち上がってしまう。

瑠音は恥ずかしさのあまり、腰をくねらせた。

「もっとしっかり握ってほしそうだな」

青覇は焦らすことなく、そそり勃ったものを握ってくる。大きな手で包み込まれ、根元からゆっくり擦られただけで、一気に極めてしまいそうなほど追いつめられた。

「やっ、あぁぁ……ぅ」

「もう達きそうなのか？」

くすりと笑われて、瑠音は思わず両手で顔を隠した。

青覇の手は胸にも伸ばされ、硬く尖った乳首をきゅっと摘まれた。

「ああ、んっ」

恐ろしいほど敏感になっている。

そのまま胸から腰骨へと手を滑らされ、瑠音はびくっと震えた。

「ここにも、愛撫が欲しいか？」

青覇の手は後孔にまわり、乾いた窄まりを指で撫でてくる。

「ああっ」

大きく仰け反った瞬間、青覇の指がつぷりと簡単に後孔に埋められた。

「すごく熱くなっているな」

そんな言葉とともに、ぐるりと指を回されると、ひときわ強い悦楽を感じた。

だが、指一本では足りない。もっと大きなもので埋め尽くしてもらいたいと思う。

「やっ、ほし……っ、もっと……そこ、もっと、あぁ、んっ」

瑠音は恥ずかしさも忘れ、夢中で腰をくねらせた。そして、ぎゅっと青覇の指を締めつけて催促する。

「そんなに煽られては、たまらんな」

青覇は怒ったように言い、指を引き抜いてしまう。

「あ、んぅ」

瑠音が甘えた声を上げると、青覇はすばやく自らの深衣を脱ぎ捨てた。

現れた逞しい裸体を、瑠音はうっとりと見つめた。

「瑠音……」

青覇はふっと口元を綻ばせ、再び瑠音の中心に手を伸ばしてくる。

先端を指でくすぐられ、瑠音は思わずびくっと震えた。

次の瞬間、中心がすっぽりと咥えられる。

「ああっ……っ！」

温かな口に迎え入れられるのは、気が遠くなるほど気持ちがよかった。

青覇は瑠音の中心を口で弄(もてあそ)びながら、後ろにも再び手を伸ばしてくる。尻の肉をつかまれたかと思うと、次には窄まりに指を突き入れられて、瑠音はぶるっと腰を震わせた。

「や、あぁ……く、っ」

前後を同時に愛撫され、一気に上り詰めそうになる。だが青覇は瑠音が吐き出しそうになると、すっと口を離してしまった。

「あ、ううぅ、んっ」

必死に胸を喘がせると、自然と中の指を締めつけることになる。そして、指で敏感な壁を擦られているのに、もっと掻き乱してほしくてたまらなかった。

「瑠音、淫らな顔になっているぞ」

青覇は胸の突起も交互に口に含み、時折歯を立ててくる。凝った先端を刺激されるたびに、腰をくねらせ青覇の指を締めつけた。

「やあ……、もう、あぅ、ふ、くっ……ああ、うぅぅ」

快感にとらわれた瑠音は、奔放に腰をくねらせてさらなる快楽を求めた。

滑らかな額に汗が滲み、吐く息が甘くなる。

青覇も我慢できなくなったように指を抜く。すぐさま腰を抱え直されて、大きく足も開かされた。

青覇は、獰猛に滾ったものを誇示するように擦りつけてくる。

「入れるぞ、瑠音」

「んっ」

頷く暇もなく、青覇の逞しいものが狭い蕾を割り開いた。ぐいっと一気に最奥まで貫かれ、瑠音はくぐもった悲鳴を上げた。

「……んっ！」

みっしりと奥の奥まで逞しいものが埋め込まれている。

熱く息づく青覇が敏感な壁を押し広げて瑠音の中に居座っていた。

「瑠音、体勢を変えるぞ」

青覇はそう言って、いきなり瑠音の腰をつかんだ。

「え？　ああっ！」

ぐいっと腰を引きつけられながら、上体を起こされた。

逞しいものを深く咥え込んだままで、青覇の上に座り込む格好だ。そのうえ、逞しい腰を自分の両足で挟み込んでいる。

自重もあって、信じられないほど奥深くまで犯された。

「くっ、うぅぅ」

「瑠音、気持ちがいいか？　鏡を見てみろ。おまえの背中に文字が浮かんでいる」

青覇は宥めるように囁きを落としながら、瑠音の背中をなぞり上げる。

「あ、……、んっ」

瑠音はほとんど無意識で、振り返った。

銅鏡には絡み合う姿がはっきりと映っている。

逞しい青覇を深々とのみ込む、これ以上ないほどいやらしい姿だ。

けれども瑠音は、その鏡に映った自分の背中を見て、息をのんだ。

背中全体に、何やら不可思議な文字が浮かんでいる。

文字列は、あの翡翠の形をなぞるように、斜めに途切れていた。

「見えたか？」

「これは……何？　なんで、ぼくの背中にこんなものが……」

瑠音はぐったりと青覇の胸に寄りかかりながら呟いた。

「やはり、知らなかったのか」

「こんなの知らない。どうして、こんなことに……」

瑠音は不安に襲われ、泣きそうになった。

髪の毛や瞳の色が変わっただけではなく、背中にもおかしな文字が刻まれている。どうして自分の身にこんな不思議なことが起きるのか、わけがわからなかった。

「おまえの背中にあるのは、玉璽に刻まれていた文字だ。翡翠の表面にあった印文が、どういう加減でか、おまえの背中に移ったのだろう」

「で、でも、どうしてぼくに？　ぼくはこの世界の住人でもないのに……こんなの、あんまりだ……っ」

瑠音は思わず涙をこぼした。

するとすぐに青覇の手で濡れた頬を拭われる。

「おまえの背にあるのは、玉璽の約半分の印文だ。これだけでは足りぬ。あとの半分も手に入れねばならぬ」

「あとの半分……」

瑠音は呆然と青覇の言葉をくり返すだけだった。

「玉璽には不思議な力が宿っているという。おまえは玉璽に選ばれた器（うつわ）なのだろう。だとすれば、失われた片割れを見つける方法も、きっとおまえの身体に隠されているはずだ。瑠音、おまえを無事に見つけ出すことができたのは僥倖だった」

「ぼくは……」

「おまえの要求は飛鳥の安全だったな？」

改めて訊ねられ、瑠音はこくりと頷いた。

「飛鳥の安全は保障する。だから、おまえも俺に力を貸せ。失われた玉璽を取り戻すために」

「……」

青覇の目的は最初から玉璽だった。

それを改めて思い知らされて、何故か胸の奥が鋭い痛みを訴える。

けれども、感傷に浸っている暇はなかった。

「とにかく、今はおまえの身体を堪能するほうが先だな。動くぞ」

「え？　ああっ！」

いきなり下から突き上げられて、瑠音は高い声を放った。

中断されていた抽送が再開されたと同時に、再び身体の奥から欲望が噴き上げてくる。

もっと考えたいことがあるのに、青覇は少しも待ってくれない。

「あ、……青覇……様……あぁ、んっ、あぅ」

「瑠音、気持ちがいいか」

「んんっ、気持ち、いい……」

瑠音は細い腕を青覇の首に絡め、素直に打ち明けた。

淫らな自分に羞恥が湧くが、もう堪えようがない。

話しているだけだというのに、青覇を咥え込んだ場所が勝手にうねる。

これ以上ないほど無理やり広げられているのに、蕩けた内壁がぎゅっと青覇を締めつけた。

「くっ、そんなに締めつけるな。我慢が利かなくなるだろう」

青覇は呻くように言い、再び体勢を変えてきた。

そして瑠音を押し倒し、今度は正常位で大きく腰を動かし始めた。

「ああっ、あっ、くふ……ぅ」

思いきり引き抜かれると、太い先端で一番敏感な場所が擦られる。愉悦が噴き上げ、目眩がしそうだった。

青覇はいったん引き抜いたものを、再び深く突き挿してくる。そのうえ腰を引きつけられて、一番深い場所を掻き回された。

「やっ、ああっ」

がくがく揺さぶられて、瑠音は懸命に青覇にしがみついた。

汗ばんだ肌が密着し、そそり勃ったものが互いの腹の間でもみくちゃになる。

青覇は突いたり回したり、多彩な動きで瑠音を翻弄する。そのたびに、艶いた声があたりに響き渡った。

「も、駄目……達く……ああっ、あ、うぅ」

「俺ももう保たない。おまえの中は気持ちがよすぎる」

「あ、ああっ……、青覇……様っ」

甘い声を上げると、青覇が急に激しく動き出す。

弾みをつけるように突き上げられて、太い先端で瑠音の最奥を掻き回される。

深く繋がったままで左右に腰を振られると、たまらなかった。

「ああ、……んっ、んっ、うぅ」

瑠音は自分からも腰をくねらせて、貪欲に快感を貪った。

白銀の髪が乱れて汗が滴る。息が上がって、それでも必死に青覇にしがみついた。

「もっとだ。瑠音。もっと感じろ」

「……ああっ、もっと……もっと、ほし……っ、ああっ」

あられもなく腰を振って、淫らな嬌声を上げる。

青覇は瑠音の両足をつかみ、ぐっと押し上げるようにしながら、さらに激しく突き入ってくる。太いものを容赦なく出し入れされると、乱暴な動きで中の粘膜がよじれた。それでもまた熱い刺激が湧き上がる。

「さあ、全部のみ込め」

青覇はひときわ大きく腰を動かし、最奥に達したところで熱い奔流（ほんりゅう）を叩きつけた。

「やあ、ああっ、あ、んんぅ！」

瑠音もいちだんと高い声を上げながら、欲望を吐き出す。

身体の隅々まで青覇で満たされ、瑠音は涙を溢れさせた。

しっかりと抱きしめられて、唇も塞がれる。

「んぅ」

隙間などどこにもなくて、青覇と完全にひとつになっていた。

六

その日、瑠音は朝から鬱々(うつうつ)とした気分だった。

昨夜、自分の背中にある文字のことを青覇から知らされた。けれども、与えられた快楽に流されて、一番確かめたかったことを聞き損ねてしまったのだ。

どうして自分と飛鳥が突然異世界に飛ばされたのか。

この最大の謎を前にすれば、自分の背中に玉璽の印文が浮き出てくる現象はどうということもないのかもしれない。

この国の歴史は瑠音が知る中国のものとはかなり違っている。国名にも覚えがない。だが、感覚的には千年以上前の中国という雰囲気だ。

その世界にあった玉璽の翡翠が、何故亡くなった姉の手に渡ったのか。そして、何故、直系の飛鳥ではなく、弟の自分の背に不思議な印文が移ることになってしまったのか。何もかもわからないことだらけだ。

誰ひとり頼る者のない中で、飛鳥だけは守らなければならない。

瑠音にとって一番大切なのは飛鳥だ。

だからこそ、青覇に抱かれることにも同意して……。

なのに、何故か胸が痛む。

青覇が自分を、玉座に即くための道具としてしか見ていなかったことが、胸の痛みを誘う。

「はあ……」

瑠音が大きくため息をつくと、犬と遊んでいた飛鳥が心配そうに見上げてきた。

「るねぇ？　どちたの？　かなしいの？」

こてっと首を傾げた飛鳥に問われ、瑠音は慌てて首を振った。

「なんでもないよ、飛鳥」

「ほんとに？」

「うん、ほんとだよ？」

飛鳥は青覇に貰った仔犬を抱きしめている。

その飛鳥を、瑠音は仔犬ごと抱き寄せた。

飛鳥はこんなにも小さいのに、もう二度と両親と会えない。

父と母の死をまだ理解できていなくても、ずっと会えないでいるのに、飛鳥は懸命に我慢しているのだ。

健気な甥っ子に比べ、自分は弱すぎる。もっと、しっかりしないと……。

瑠音は胸に兆した不安や痛みを振り払うように微笑んだ。

「飛鳥、わんわんの名前決めないといけないね」

「うん」

「飛鳥は何がいいと思う？　青覇様に貰ったのだから、飛鳥が名前をつけるんだよ？」

瑠音がそう促すと、飛鳥は真剣な顔で考え込む。

しばらくして、ぱあっと表情を明るくして口を開いた。

「わんわんのおなまえは、るねがいい」

「えっ？　だって瑠音はぼくの名前だよ？　だからわんわんには、違う名前をつけようね？」

瑠音は焦り気味に言い聞かせた。

飛鳥はこてっと首を傾けて、また真剣に考え込む。

瑠音は表情を強ばらせながら、答えを待った。こちらから誘導したほうがいいのかもしれないが、飛鳥につけさせると言い出したからには、待っているべきだ。

でも、今度は父や母の名前を言い出さないかと、胸がドキドキした。

「じゃあね、じゃあね、しぇいはしゃま」

嬉しげに言う飛鳥に、瑠音はますます困ってしまった。

「あ、ええとね、青覇様と同じなのは駄目だよ？」

口にしただけで、飛鳥が表情を曇らせる。

「あ、だからね、わんわんの名前、セイにするのはどうかな？」

「しぇい？」

「そうだよ。わんわんのお名前は、セイ」

「わんわんのおなまえはしぇい」

飛鳥は無心にくり返す。

瑠音はほっとする一方で、「青」という漢字を当てるのはまずいだろうなと思っていた。

そんな時、侍女の春玲が来客だと告げに来る。

「ぼくに、ですか？」

心当たりのない瑠音は、不安に駆られながら問い返した。

「瑠音様に会いに来られたのは、崔鳳青様です」

「えっ？」

瑠音は驚きで目を見開いた。

青覇は今朝早くから外出している。いくらなんでも、勝手に崔鳳青に会うのはまずいのではないだろうか。

「崔鳳青様は占術師の朱玉葉（しゅぎょくよう）様とご一緒です」

「占術師？　もしかして、白髪の？」

鸚鵡返し（おうむがえし）に問い返すと、春玲は深く首肯（しゅこう）する。

次期皇帝候補の皇子と占術師の組み合わせとなれば、背中の文字の件で訪ねてきたに違いなかった。

春玲の様子からすると、断るわけにはいかなさそうだ。

「どのようにすればよいですか？」

「お客様をおとおししておきますので、瑠音様は急いでお召し替えをお願いします」

「わかった」

瑠音は仕方なく承諾した。

そして飛鳥を侍女に預け、急いで身支度を整える。

鮮やかな朱金の深衣に袖をとおした瑠音は、春玲の案内で客人の待つ部屋へと向かった。

「お待たせいたしました」

席についた瑠音は、丁寧に頭を下げた。

客室は宮殿の規模からすると小さめの部屋で、端整な風貌の鳳青と小柄な老女玉葉は、肘掛(ひじ)けのある椅子にゆったり腰を下ろしている。

「急に訪ねてきて手間をかけた。我は崔鳳青。青覇の異母兄である」

「白崎瑠音と申します」

瑠音は名乗ったあと、すっと視線を上げた。

太極殿では距離があったが、こうして間近で対すると見惚れてしまいそうな顔立ちだ。青覇より若干細身で、落ち着いた雰囲気の皇子だ。

だが、口火を切ったのは、呪術師の玉葉だった。

「先日の件の続きじゃ。青覇様はそなたを手の内に取り込み、一気に玉座へと近づいたが、まだ半分しか条件を満たしておらぬ。そなたの背には玉璽の印文が移されており、そなたこそが翡翠の導き手、次なる皇帝を玉座へと誘う者となろう」

玉葉の話に瑠音はかすかに眉をひそめた。

本人にはなんの自覚もないのに、そんな大層な呼び方をしないでほしい。

「青覇は我よりも早くそなたを見つけ出し、玉座へと近づいた。しかし、まだ勝負はついておらぬ。出遅れた我にもまだ勝ちの目があるやもしれぬと思い、玉葉とともに訪ねてまいった。まずは、そなたに訊きたい。青覇と我のこと、そなたはどこまで知っている？」

率直な問いかけに、瑠音は真摯な目を向けた。

「申し訳ないですが、ぼくは何も聞いておりません。先の皇帝が身罷られたとしか……」

「父上は壮健であられた。あの凶事がなければ、今も玉座におわしたはず。しかし、起きてしまったことを嘆いていても仕方ない。ようは、この先、昂国のために何ができるかが問題だ」

いたって真面目な口調で言われ、瑠音は目を瞠るような思いだった。

兄は優秀だと青覇自身も認めていたことを思い出す。

「それで、ぼくに何をしろとおっしゃるのですか？　玉葉様にも申し上げましたが、ぼくは玉璽について何も知りません。青覇様にお渡しした玉璽、いえ、翡翠の塊も、姉が遺品として残したものです。ぼくが所有していたわけではなく、あれは……」

瑠音はそこまで言って、はっと我に返った。

詳しく説明すれば、飛鳥もこの事件に巻き込まれてしまうかもしれない。とにかく、何を言われるのか確かめるまで、飛鳥のことは迂闊に口にしないほうがいいだろう。

「そなたは青覇とどのようにして会ったのだ？　黄土高原にいたと聞いているが」

「はい……その、道に迷ってて……盗賊に襲われたところを青覇様に助けていただきました」

瑠音は事実のみを簡単に伝えた。

鳳青は探るように見つめてくる。

青覇よりさらに淡麗な美貌で、瑠音は思わず息を詰めた。

「青覇は何故、そなたのいる場所を知っていたのか……玉葉、そなたが教えたのか？」

鳳青は瑠音から玉葉へと、ゆっくり視線を向けた。

老いた呪術師は、侍女が運んできた茶を、美味（うま）そうにすすっている。そして、気を持たせるように、ことさらゆっくり茶器を卓子（テーブル）に置いて、にやりとした笑みを浮かべた。

前歯が何本か抜けており、瑠音は背筋がぞわりとなる。

「青覇様には、西に光があるやも。そうお伝えしただけです。鳳青様にも同じ予言をお届けしたはず」

呪術師にそう指摘され、鳳青は不快げに眉根を寄せる。

「西、だけではあまりにも曖昧（あいまい）な指摘であろう」

「しかし、青覇様はちゃんとこの者を見つけ出されましたぞ」

「む」

呪術師にやり込められて、鳳青は思わずといったように黙り込む。

にやりとした笑みを浮かべたままで、玉葉が再び口を開いた。

「ともかく、玉璽はまだ半分。鳳青様にもまだ機会はございましょう。この者が導き手。見たところ、この者はまだ完全には青覇様に心を許しておらぬ様子ですからな」

心の奥底まで見透かされたようで、瑠音は背筋を凍りつかせた。

玉璽を見つけ出した者が皇帝になる。それはいいとしても、どうして異世界から来た自分が、その導き手になるのか、納得がいかなかった。

「いったい、ぼくに何をしろと？　ぼくはただ……」

瑠音はすべてをぶちまけようとしたが、すんでのところで思いとどまった。

青覇はすんなりと信じてくれたけれど、他の者はどうなのだろう。

もし怪しい者と認定されたら、無事ではいられないかもしれない。自分がいなくなれば、飛鳥はどうなる？　青覇が保護してくれているのは、自分が代償として夜伽を務めているからだ。

瑠音が色々と思い悩んでいた時だった。

ふいに室内に駆け込んできた白と黒の固まりがあった。

青覇が飛鳥に与えた仔犬だ。

瑠音があっと思った時、仔犬を追いかけて飛鳥がおぼつかない足取りで駆けてくる。

「あ、飛鳥」

瑠音は思わず席を立った。

そして素早く飛鳥を抱き上げる。

「るねぇ、しぇいが」

飛鳥は懸命に腕を伸ばして訴える。

来客中の思わぬ失態に瑠音が青くなった時、ようやく現れた侍女たちが仔犬の紐を押さえた。

「お騒がせして申し訳ございません。さあ、飛鳥様、わんわんと一緒に、あちらで遊びましょうね」

侍女の春玲が、来客に一礼し、飛鳥に両腕を差し出す。

けれども肝心の飛鳥は、瑠音の胸にぎゅっとしがみついたままだ。

「るねぇ」

「ごめん、飛鳥。お客様だからね。あとで遊んであげるから、今は春玲と一緒にいて」

瑠音はできるだけ優しい声で言い聞かせた。

飛鳥は一瞬、むうっと唇を尖らせたが、そのあとは大人しく春玲に抱かれて退出していく。

急に展開された一連のやり取りを、玉葉と鳳青が興味深げに眺めていた。

「あの子は？」

「甥の飛鳥です」

「そなたの子、ではないのか？」

鳳青に訊ねられ、瑠音は首を左右に振った。

「飛鳥は姉のひとり息子です」

別に隠すようなことでもないだろうと、正直に打ち明ける。

だが鳳青は、ふいに席を立ち、瑠音のそばへと近づいてきた。

「あの子の存在が、そなたを縛る枷（かせ）となっているのか？」

「え？」

質問の真意を図りかね、瑠音は目を見開いた。

腰をかがめた鳳青に、上からじっと覗き込まれ、瑠音は我知らず息を詰めた。

「青覇はあの子を盾にして、無理やりそなたを引き留めているのではないか？　もし、気に染まぬことを強要されているなら、私がそなたを助けてやってもよいぞ」

「どういう、意味、ですか？」

思いがけない言葉に、瑠音は呆然となった。

言い方には問題があるものの、鳳青はかなりこちらの状況を見抜いている。

青覇と取引した関係は、瑠音のほうから持ちかけたもの。けれども、瑠音が青覇から離れられないのは、飛鳥のことがあるからだ。

鳳青の美貌は青覇をさらに上まわっている。青い瞳には青覇と同じ磁力がこもっていて、視線をそらすこともできなかった。

鳳青はそっと手を伸ばし、瑠音の頬に触れてくる。

思わずびくりとなると、淡麗な顔に柔和な笑みが広がった。

「怯えることはない。私は青覇とは違う。そなたに何かを無理強いすることはない」

心に響く優しい声だった。

瑠音はほんの少し警戒を解き、ぎこちなく微笑み返した。

すると鳳青は青い目を細め、思いがけないことを言い出す。

「そなたは微笑んでいるほうがいいな。青覇が何故そなたに惹かれたのか、よくわかった」

「え？」

何を言われたのかわからず、きょとんとなると、鳳青はいっそう笑みを深める。

「そなたの面立ちは、三年前に儚くなった公主にそっくりだ。生きていれば、今頃青覇の后になっていたはずだが……」

何気なく言われた言葉にどきりとなる。

「亡くなられた公主……」

「美しい人だった。青覇の許嫁でなければ、私も心動かされていただろう。下々の者にも優しく、微笑みの美しい人だったが……」

青覇には婚約者がいた。

三年前に病気で亡くなって……。

鳳青から聞かされた言葉が、毒のようにゆっくりと胸に染みていく。

亡くなった婚約者に似ていたから、自分を夜伽の相手にしたのだろうか？

「ああ、すまない。よけいなことを言ってしまったな。そんなつもりではなかったのだ。許せ」

鳳青はそう言って、宥めるように瑠音の両手を握ってくる。

瑠音は手を握られていることにも気づかず、ただ懸命にざわめく気持ちを堪えていた。

「ふむ、やはりの……相争わずには済まぬか。難儀なことよ……」

呪術師の玉葉は、不思議なことを呟く。

けれども、瑠音の耳にその言葉が届くことはなかった。

「瑠音殿、どうだろう？　青覇のもとを出て、私のところへ来ないか？　私はただそなたを保護したいだけだ」

「え？」

いきなりの言葉に、瑠音は呆然となった。

「そなたは翡翠の導き手だという。しかし、私は玉座を望んでいるわけではない。青覇は我が弟。しかし、青覇の母は先帝の正妃。もともと青覇が玉座に即くのが筋だ。青覇は何か誤解しているようだが、私は弟と争うつもりはない」

「本当、ですか？」

「もちろん、本当だとも」

鳳青の言葉に続き、玉葉も続ける。

「鳳青様の言葉に嘘はなかろう。このお方はもともと控えめであるゆえな」

瑠音はふたりの言葉に混乱した。

では、何故玉璽を巡って争いが起きているのだろう？

「玉璽は必要だ。見つけ出さねばならぬゆえ、そなたの協力は不可欠だ。しかし、そのことと、そなた自身のことは別。私は本心から、そなたの味方になりたいと思っている」

「どうしてぼくのことを、そんなふうに言ってくださるのですか？」

「そなたには何か悩みがあるのだろう？　そなたは亡くなった公主に似ている。公主は亡くなられる前に、何か悩んでおいでのようだった。私はその時力になれなかったことを悔やんでいる。だから、そっくりなそなたを助けてやりたい。それだけだ」

鳳青の言い方はあくまで静かで、なんの裏も感じない。

おそらく誰に対しても優しい人なのだろう。

瑠音は内心でほうっとため息をつき、そのあとすっと顔を上げた。

「鳳青様、お言葉、嬉しく思います。ですが、今すぐお返事することはできません」

返事とともに、握られたままだった手をさりげなく引っ込める。

鳳青は怒った様子もなく、さっと身を退いた。

「よかろう。だが、私がそなたを助けたいと思っていることだけは覚えておいてくれ。よいな？」

「ありがとうございます」

瑠音は心からの礼を言って、頭を下げた。

しかし、その時、ふいに廊下から大勢の人間の足音が近づいてきた。

「兄上、わざわざ俺の留守を狙って、何をしに来られた？　そこにいる瑠音は俺が后とした者。いくら兄上でも、断りもなく会いに来るとはどういうことか？　まさか、俺のものを盗もうとでも思われたのか？」

現れたのは青覇だった。

青覇は鎧で身を固めており、後ろには何人もの武装した兵を従えている。

いきなり浴びせられた悪口に、鳳青はむっとしたような表情になった。

「青覇、この席には玉葉殿もおられる。そなたが寵愛している后に、無体など働くはずがないだろう」

怒りを隠しもしない青覇に、瑠音はひやりとなった。

けれども、おかしな誤解だけは解きたいと、恐ろしさを堪えて口を挟む。

「青覇様、鳳青様と玉葉様は、玉璽のことでぼくに会いに来られただけです」

青覇は兄から瑠音へとすっと視線を巡らせる。

凍りつきそうなほど冷たい眼差しで、瑠音は背筋が震えるようだった。

「瑠音、おまえはよけいな口を出すな。これは、俺と兄との問題だ」

不快そうに吐き捨てられて、瑠音も思わずむっとなった。

「おふたりが玉座を巡って争っておられるのはわかってます。玉座を得るにはもう片方の翡翠を見つけなくてはいけないって……。ぼくにはなんのことか理解できませんけど、翡翠を見つける鍵を握っているのは、ぼくなんでしょう？　だったら、どうしてぼくを除け者にするんですか？」

必死に言い返すと、青覇の視線がさらに冷たくなる。

そのうえ、青覇はずいっと距離を詰め、乱暴に瑠音の肩を抱き寄せてきたのだ。

「瑠音、少し黙ってろ」

青覇はそう言って、鳳青へと目を向けた。

弟に睨まれても、鳳青は慌てた様子もない。優雅に椅子から立ち上がっただけだ。

呪術師の玉葉は、にたにた笑いながら、兄弟が争う様を眺めているだけだった。

「青覇、瑠音殿にもう少し優しくしてやったらどうだ？」

「瑠音は俺のもの。どう扱おうと俺の勝手。兄上が口を出す問題ではない。で？　兄上は何をしに来られた？」

いくら窘（たしな）められても、青覇は堪えた様子もない。嘲るような言葉に、瑠音は胸が痛くなった。

「瑠音殿の背に、玉璽の印文が写されていると聞いた。無理を言うつもりはないが、できれば、その文字を私にも見せてほしいと頼みに来た。しかし、その話をする前に、そなたが乱入してきたのだが？」

「ほお、瑠音の背中に浮かぶ文字が見たいと？」

たたみかけた青覇に、鳳青は深く頷く。

瑠音は焦りを覚えたが、それを察したように、肩を抱く青覇の腕に力が入った。

「悪いが、その件は断る」

「何故だ？」

「お婆に聞かなかったのか？　瑠音の背中に印文が浮かぶのは、特殊な状況下でのこと。こいつを抱いて悦ばせないと、文字は現れない」

「青覇様！」

あっさり秘密を明かされ、瑠音は真っ赤になった。胸の内には沸々と怒りも湧いてくる。

死にそうなほどの恥ずかしさを覚えながら、瑠音は辛うじて鳳青の様子を窺った。

さしもの鳳青も、青覇の言葉にはたじろいだように、眉根を寄せている。

「まあ、そういうわけで、兄上には悪いが、玉璽の印文は見せられぬ。気が済んだなら、お引き取り願おうか」

青覇はあくまで冷ややかに、鳳青を追い出しにかかる。

「邪魔をした」

鳳青はそう言って、青覇に背を向けた。

そのまま部屋から出ていこうとした鳳青は、最後にすっと振り返った。

もの問いたげな視線が向けられて、瑠音は再びどきりとなる。

けれど、それも一瞬のことで、鳳青はそのままあっさりと引き揚げていった。

「さて、お婆。話を進めようか」

青覇は残った玉葉へと目を向ける。

成り行きを見守っていた呪術師は、にやりとした笑みを浮かべた。

「ほお、この婆には怒っておらぬのか？」

「お婆の人の悪さには慣れておるわ」

青覇はそう言いながら、背後の兵たちに、くいっと顎をしゃくった。

すぐさま近づいてきた兵たちは、青覇から鎧を脱がせる。

身軽になった青覇は、今まで鳳青が座っていた椅子に、どかりと腰を下ろした。

「おまえも座れ、瑠音」

短く命じられ、瑠音も力が抜けたように椅子に腰かける。

「で、もうひとつの翡翠、どうやったら見つけ出せる？　やり方はわかったのか？」

青覇は前置きなしに訊ねた。

「そうさの、色々と方法はあるが、生身の人間から引き出すとなると、問題も多い」

「聞こう」

青覇は呪術師に真剣な眼差しを向けた。

鷹揚に構えていた白髪の老女が、きらりと目を光らせた。

「一番手っ取り早いのは、この者の皮膚を剥いで占いに用いる特別な薬に浸け込むことじゃ」

背筋がぞくりとなったせつな、青覇が怒声を発する。

「却下だ。瑠音を傷つけるようなやり方はせぬ」

すかさず反対してくれた青覇に、瑠音はほっと胸を撫で下ろした。

「青覇様なら、そう言うと思うたわ」

玉葉はふぉっふぉっふぉっと、気味の悪い声で笑う。

青覇はからかわれたと思ったのか、苦虫を噛み潰したような顔になった。

「早く、次の案を聞かせろ」

「まあ、そう急くでないわ。瑠音といったかな。おまえには子がいるか？」

「子供、ですか？　いいえ、いません」

「ふむ……となれば、誰ぞ、想い人はおらぬか？」

唐突に訊ねられ、瑠音は何故かどきりと心臓を跳ね上げた。

かっと頬が熱くなった瞬間、脳裏に思い浮かべたのは青覇の顔だ。

しかし、青覇とは身体だけの関係。想い人という存在ではない。

「こ、恋人とかは、いません」

瑠音は上ずった声で答えた。

「では、兄弟は？」

たたみかけられて、瑠音は胸に痛みを感じながら首を左右に振った。

「姉がひとりいましたが、すでに亡くなっております」

「では、先ほどの子が一番近いのか」

小さな呟きに、鋭く目を細めたのは青覇だった。

「どういう意味だ？」

「あ、あの、先ほど飛鳥が仔犬を追いかけてきて」

瑠音は焦り気味に言った。

青覇の視線がさらに冷ややかになる。

しかし青覇は、ひとつ息をつき、そのあと玉葉へと視線を移した。

「お婆、わかりやすく説明しろ。玉璽の印文が誰か他の者にも浮き出ている可能性があると言いたいのか？　……瑠音と親しい間柄の者に」

青覇の指摘に、瑠音ははっとなった。

可能性があるのは、もしかして飛鳥だろうか？

でも、飛鳥をお風呂に入れる時、そんな紋様など見たことがない。

「何か心当たりは？」

玉葉に問われ、瑠音はぎこちなく首を左右に振った。

「心当たりは……ありません」

掠れた声で答えると、青覇がすかさず口を挟んでくる。

「お婆、もうひとつはなんだ？　早く教えろ」

「まったく、せっかちなお人じゃ。もうひとつは、その者を深い眠りにつかせて、深層から真実を探る手じゃ。しかし、これには危険も伴う。薬を飲ませるのじゃが、人によっては深く眠りすぎて、そのまま目覚めぬかもしれぬでの」

「ちっ、まったく役に立たぬ婆だ。どの手も使えぬではないか」

青覇は苛立（いらだ）たしげに舌打ちする。

瑠音は青覇の言葉を聞いて、ふと首を傾げた。

皮を剥がれるなど、そんな猟奇的なやり方をされるのは絶対に遠慮したい。でも、最後の深く眠りにつくという方法ならば、成功する可能性もある。

それなのに、青覇は最初からあっさり諦めて、強要するつもりはないのだ。

瑠音はほっとすると同時に、少し疑問にも思った。

「青覇様はこの者を相当お気に召しておられるご様子じゃな。確実とは言えぬまでも、この玉葉も腕に覚えはある。青覇様はそれをよくご存知なのに、却下なさるとは、驚いた話よ」

「世迷い言はそれぐらいにせよ。婆の腕が確かなのは知っている。だが、人によっては目覚めぬこともあると、自分で言ったではないか。俺は瑠音をそんな危険な目に遭わせる気はないぞ。他の方法を探せ」

青覇はなんの躊躇いも見せずに言い切る。

瑠音は思わず涙が出そうになった。

たとえ玉璽を捜すためであっても、青覇は自分を傷つける気がないのだ。

そうわかったことが、思いの外嬉しかった。

「お婆よ、いい案を思いついたら、連絡を寄こせ」

「承ろう。まったく、人使いの荒いお人じゃ。とにかく我が家に帰って今一度古文書を調べてみよう。鳳青様が帰ってしまわれたゆえ、輿を出してもらうぞ」

「ああ、輿ぐらいいくらでも出してやる。しかし、もう兄上を不用意にここへ連れてきたりするな。あの人は、これと思い込んだら、人の話など聞かずに突っ走ることがある。ただでさえ、まわりには厄介な重臣どもが揃っているのだ。これ以上刺激するなよ、婆」

「はいはい。青覇様には敵わぬわ」

呪術師の玉葉は、ぶつぶつ言いながら、引き揚げていった。

†

客人が帰ったあと、青覇はすぐに使用人たちを集めて叱責した。

「瑠音を不用意に人に会わせるな。こたびのこと、そなたたちの失態だぞ」

目の前でずらりと平伏している侍女たちは、青覇の冷たい声に震え上がっている。

「申し訳ございません」

「二度とこのようなことがないようにいたします」

瑠音は叱責されている侍女たちに同情した。

呪術師の玉葉はともかく、身分の高い鳳青の訪問を断るのは、侍女では難しかっただろう。

「あの、青覇様。幸いなことに何もなかったのですから」

瑠音が横から口を出すと、青覇はじろりと睨んでくる。

「おまえももっと注意しろ。聞けば、飛鳥まで顔を見られたそうじゃないか」

「あ、飛鳥はたまたま仔犬を追いかけてきただけで……」

瑠音は必死に説明しようとしたが、青覇の怒りは少しも収まらなかった。

「皆に厳重に命じる。今後、誰が訪ねてこようと、瑠音には絶対に会わせるな。俺が留守の間、瑠音と飛鳥は奥に閉じ込めておけ。よいな？」

「かしこまりました」

「必ずご命令どおりにいたします」

侍女たちは震え声で答え、床に額を擦りつける。

瑠音は釈然としない思いだったが、これ以上口を出す余裕はなかった。

青覇のほうは忠告を終えて気が済んだのか、急に思いがけないことを言い出す。

「ところで、飛鳥はどこだ？　土産を渡すゆえ、すぐに連れてこい」

「青覇様……？」

「飛鳥の喜びそうなものを選んできたのだ」

機嫌がよさそうに口元をゆるめた青覇に、瑠音は内心でため息をついた。

先ほどのことを、相談しなければと思っていたのに、青覇はすっかり忘れ去っているかのようだ。

そうして待つほどもなく、侍女に手を引かれて飛鳥がやって来る。

「しぇいはしゃま」

青覇の姿を見つけた飛鳥は嬉しげな声を上げた。

侍女の手を振り払って、そのまま勢いよく青覇に飛びつく。

「よし、飛鳥。いい子にしていたか？」

青覇は軽々と飛鳥を抱き上げ、にっこりと微笑みかけた。

見かけによらず子供好き。そして飛鳥のほうも青覇に懐いている。

色々と問題はあるものの、こうしてふたりが仲よくしている姿を見ると、ほっとする。

「飛鳥、おまえに土産がある」

「なぁに？」

「飛鳥は男の子だからな。三歳なら早すぎることもない」

青覇はそう言いながら、飛鳥を抱いたままで近くの長椅子に腰を下ろす。

飛鳥はちょこんと青覇の膝に乗せられて、にこにこしていた。

微笑ましい光景だ。

そう思っていた瑠音は、青覇が懐から取り出したものを見た瞬間、ひやりとなった。

「さあ、これだ」

青覇が手にしていたのは短い剣だった。

日本風に言えば、時代劇で女性がよく持っている懐剣ほどの長さ。

しかし、青覇はなんでもないように鞘を払う。

「さあ、飛鳥。これを持ってみろ」

「駄目ぇ――っ！」

きらりと光る刀身が目に入った瞬間、瑠音は悲鳴を上げた。

ダッと必死に青覇が持つ剣に飛びつく。

「何をする？　危ないぞ！」

「痛っ！」

抜き身の刃が手に当たり、鮮血が迸る。

「うわぁ――ん」

次の瞬間、怯えた飛鳥が火がついたように泣き出した。

「誰か、飛鳥を連れていけ！　瑠音、手を見せろ！」

青覇は膝に乗せていた飛鳥を侍女に渡し、すぐに瑠音の手を引き寄せる。

「こ、これぐらい、な、なんでも……くっ」

「この馬鹿者！」

耳元でいきなり怒鳴られて、瑠音はびくりとすくみ上がった。

右手の掌がじんじんと痛くなってくる。

しかし痛みより怒りのほうが大きかった。

「考えなしなのは青覇様のほうです！　あんな小さい子に刃物を持たせるなんて、信じられない！　飛鳥が怪我したらどうするんですか？　絶対に許さないから！」

「お、おい、瑠音……」

勢いよく罵声を放った瑠音に、珍しく青覇が息をのむ。

しかし、瑠音の手から血が流れているのを見て、青覇は思いきり舌打ちした。

「早く、医官も呼べ。それと、薬と手巾だ」

青覇はそう言いながら、瑠音の手をつかんで傷の具合を子細に調べた。

切り口はさほど大きくない。けれども噴き出した血はすぐには止まりそうもなかった。

「まったく、素手で剣をつかむ馬鹿がいるか。傷痕が残ったらどうする？」

青覇は苛立たしげに吐き出して、そのあと傷口に唇を寄せる。

「！」

あっと思う間もなく、掌の血を舐め取られた。

「青覇様、こちらを」

青覇は血を舐め取ったあと、横からすっと差し出された膏薬を塗り込める。

そして血が止まり始めたのを確認してから、瑠音の手に手巾をぐるぐると巻きつけた。

「熱が出るかもしれぬ。今日はこのまま休め。寝台まで運んでやる」

「え、あの、待ってください」

「うるさい。口答えするな」

青覇の機嫌は直りそうもなく、瑠音は軽々と横抱きにされて寝室まで運ばれた。

血で汚れた深衣を脱がせ、侍女が運んできた夜着を着せたのも青覇だ。

たいした傷でもなかったのに、医官が慌ただしくやって来て、もう一度調べられる。

そして医官が処方した苦い薬湯も、青覇に口移しで飲まされた。

終始不機嫌そうな青覇に、瑠音は口答えすることもできなかった。

もともとは子供に刃物など近づけた青覇が悪いと思う。でも、不用意に飛びついた自分も考えなしだったたと思う。

「すまなかった」

上から覗き込んでいる青覇が、ぽつりと口にする。

青覇が自分から謝るなどと思ってもみなかった。

「あ、あの、ぼくのほうこそ、すみません」

「飛鳥に渡す前に、おまえに確認するべきだった。おまえの国では子供は刃物を持たないのだろう？」

「はい……。子供だけではありません。刃物といえるようなものは調理に使う包丁ぐらいで、ぼくの国では人を傷つける武器を所持することは法律で禁じられてます」

「そうか……悪かったな。この国では、男の子は三歳ぐらいから剣の鍛錬を始める。同じだと思ったのは、俺の誤りだ」

「青覇様……」

先ほどのまでの怒りが消え、瑠音は胸がいっぱいになった。

七

瑠音は今さらながら悩んでいた。

飛鳥のことを考えると、青覇に身を預けたのはよかったと思う。

青覇は玉璽のことがあっても、自分に何かを無理強いすることはない。玉葉の不穏な言葉にも頷かず、むしろ自分たちを庇ってくれた。

だから、この先も青覇を信じていればいい。

そう思うのに、何故か胸の奥がしくしくと痛みを訴える。

青覇は玉璽を得るために自分を抱いた。優しくしてくれているのも、自分をそばに置いておけば、翡翠のもう片方を手に入れやすいから――。

だからこそ、青覇は自分にも飛鳥にも優しくできるのだろう。

自分は、それの何が気に入らないのだろう?

瑠音は庭で仔犬を遊ばせている飛鳥を見守りながら、長いため息をついた。

「瑠音、傷のほうはどうだ?」

そう言って青覇がいきなり顔を見せたのは、瑠音がぼんやり考え事をしていた時だ。

青覇は高い身分を有するにもかかわらず、フットワークがいい。いつも側近や侍女たちが、大慌てで追いかけてくる。

瑠音のそばまでやって来た青覇は、ぐいっと手首をつかんだ。

傷は浅かったのですでに塞がっている。だが青覇や侍女たちがうるさいので、まだ軟膏をつけて手巾を巻いていた。

本当は傷口は隠さないほうが治りが早い。

瑠音はそう訴えたかったが、皆が大袈裟に心配するので、言い出せるような雰囲気ではなかったのだ。

「もう、なんともありません。包帯も取ろうかと思います」

「本当に大丈夫なのか？　見せてみろ」

青覇は自ら瑠音の包帯を解いていく。そして、うっすら残る赤い線を食い入るように観察してから、瑠音の手を自由にした。

「おまえは迂闊そうだから、このまましばらく包帯を巻いておけ」

「迂闊って……」

思わず睨んだけれど、青覇はにやりと笑っただけだ。

「傷は塞がったようだが、どこかにぶつけるなどすれば、また開いてしまうだろう。包帯をしておけば、いくらおまえでも自分で気をつけるはずだ」

自分はそんなに不注意な人間じゃないです。

そう言い返したかったが、青覇はすでに庭へと向かっている。

どうやら飛鳥と遊んでやるつもりらしく、側仕えの者に何か指示していた。

待つほどもなく持ってこられたのは木切れだった。

「飛鳥、仔犬と一緒に遊びたいか？」

「うん、あそびたい」

飛鳥はこくりと頷く。

日頃から甘やかしてもらっているので、つぶらな瞳は期待に満ちきらきらしていた。

「よし、犬に名前をつけたか？」

「せい！」

飛鳥は得意げに教える。

いつも幼児独特のしゃべり方なのに、こんな時だけはっきり名前を告げるとは、瑠音はひやひやだった。

まさか犬の名前が青覇譲りとは明かせない。

「せい？　どんな字を宛てた？」

青覇はくるりと瑠音を振り返って訊ねる。

「あ、あの青い、という字です」

怒られるのを覚悟で、瑠音は恐る恐る漢字を明かした。

「そうか、こいつは青か。俺と同じ名をつけるとは、飛鳥もなかなかだな」

青覇は気にしたふうもなく言うが、瑠音は背筋がひやりとなる思いだった。

幸い青覇は怒ったりせず、飛鳥と一緒に興味深そうに手元を覗き込んでいる仔犬に、木切れを振って見せている。

「うわん」

得意そうに吠えた仔犬に続き、何故か飛鳥まで鳴き声を真似する。

飛鳥のお尻に、仔犬とそっくりな尻尾が揺れている気がして、瑠音は思わず声を立てて笑っていた。

「なんか、兄弟みたいだ」

瑠音の呟きに、青覇がそっと視線を寄こす。

そして、その青覇は、庭の奥に向かって、木切れをぽいっと投げた。

「そら、青、取ってこい！」

「うわん！」

仔犬は弾かれたように走り出し、木切れを咥えて戻ってくる。

しっかり教え込んだわけでもないのに、仔犬は一発で青覇の命令に従ったのだ。

「飛鳥、ほら、青を褒めてやれ。青、よくやった。そう言うんだぞ？」

「しぇい、よくやった？」

飛鳥がたどたどしく言うと、青覇は満面に笑みを浮かべて、わしわしと飛鳥の頭を撫でる。

横では仔犬の青も褒められたことが嬉しいらしく、盛んに尻尾を振っていた。

何気ないひと時が、とても大切なものに思えて、瑠音は何故か泣きたくなってきた。

飛鳥は両親を喪った。

でも青覇を肉親のように慕っている。青覇も飛鳥を大切に扱ってくれて、だとしたら、瑠音にはこれ以上望むことはなかった。

たとえ利用されているだけだとしても、それでいい。

飛鳥さえ守ってくれるなら、自分はどうなってもいいと改めて感じた。

†

ひとしきり庭で棒投げをさせると、さすがに飛鳥の動きが鈍くなってくる。

遊びすぎで眠くなったのだろう。

侍女に目で合図すると、さっと抱き上げて次の間へと連れていってくれる。

「青覇様、今日はこのあと、何か用事がおありでしょうか?」

「なんだ、改まって?」

「少しお話をさせてもらいたいと思って」

「おまえのほうから、そんなことを言い出すとは、珍しいな」

青覇はわざとらしく目を眇めるが、口元はゆるんでいる。

瑠音はそんな青覇に微笑み返して、側付きの侍女にお茶の用意を頼んだ。

青覇はゆったり長椅子に腰を下ろし、運ばれてきたお茶で喉を潤している。

茶器を持つ大きな手に目が行って、並んで腰を下ろしていた瑠音は何故かどきりとなった。

頼り甲斐があって、何もかも包み込んでくれる温かみも感じる手だ。

青覇はいつも、あの長い指で優しく触れてくる。

何故だか胸がじわりとなって、瑠音は俯いた。

するとすぐに青覇の手が伸びて、肩を抱き寄せられる。

ふわりと優しく抱きしめられると、ますます泣きたくなってきた。

「何か言いたいことがあるようだが？」

「はい……」

瑠音はそう答えたものの、この先何から話していいのかわからなかった。

胸に溢れてくるのは、今まで感じたことのない想いだ。

この人が好きだ。

どうしてだか、ふいに気がついてしまった。

最初は納得尽くではあったものの、強引に身体を開かれた。青覇は優しくしてくれたけれど、身体から始まる関係なんて、ろくなものじゃないはずだ。

ずっとそれが垣根になって気がつかなったけれど、自分はたぶん、最初に助けられた時から青覇に憧れを持っていたのだと思う。

それから青覇に抱かれるようになって、いつも飛鳥を気にかけてくれている姿を見ているうちに、自分もあの大きな胸に縋りたいと思うようになった。

今まで考えつかなかったが、玉璽のことで利用されているのをつらく感じたのも、青覇を好きになってきたからだろう。

鳳青から聞いた許嫁にも、嫉妬めいた気持ちを煽られた。

何もかも、自分の想いに気づいてみれば、納得がいく。

青覇に抱かれたからじゃない。このつかみどころのない、青覇という大きな存在に、心から惹かれている。

それが何故か、急にはっきりしただけだ。

「どうしたのだ？　本当に、いつもと様子が違うぞ？」

「そうですね。すみません。ぼくはただ、青覇様の本当のお気持ちが知りたかっただけです」

瑠音は青覇の胸から顔を上げ、しっかりと青い瞳を見つめた。

「俺の気持ちだと？」

「はい。青覇様は玉璽を必要としておられる。この国の玉座をお望みなのですよね？」

明確に口にした瑠音を、青覇は何故か鋭く見据えてきた。先ほどまであった温かみが消え去り、視線は冷え冷えと凍りついている。

「今になって、何故そんなことを訊く？」

「飛鳥のことです。ぼくだけではあの子を守りきれない。だから、飛鳥を青覇様の子にしてください」

「なんだと？」

青覇は凄みのある声で訊き返してきた。

「俺の望みを訊ねたうえで、その頼みとは、飛鳥に皇子の身分を与えよということか？」

「はい、それで間違いありません」

瑠音はしっかりと頷いた。

するとと青覇は軽蔑しきったというような顔つきになる。

「ずいぶんと高望みをするのだな？」

吐き捨てられた言葉に、瑠音はずきりと胸が痛くなった。

誤解を与えるような言い方をしている自覚はある。でも、これは瑠音にとって大切なことだ。なんと思われようと、目的は果たしたい。

「最初にお会いした時、飛鳥の庇護をお願いしました。それと同じです。正直に言って、ぼくにはこの国の身分制度がどうなっているのかわかりません。でも、青覇様ならきっと、何があっても飛鳥を守ってくださるでしょう？　だから、飛鳥を青覇様の子供にしてくださいとお願いしているのです」

「おまえは馬鹿か？　俺は今、兄上と皇位を争っている際中だ。俺自身はさして玉座には執着がない。兄上のまわりに阿呆どもがいなければ、俺はとっくに退いていただろう。しかし、兄上を取り囲んでいる重臣どもを放っておくわけにはいかない。あれらは兄上が玉座に即けば、じわじわと毒を流し始めるだろう。兄上は真っ直ぐすぎるきらいがある。純粋な方ゆえ、甘い正義を吹き込む輩をなんの疑いもなくそばに置かれる。それでは駄目だ。朝廷に巣くう膿（うみ）は根こそぎ取り除かねば、いずれ国が立ちゆかなくなる」

青覇の言葉は、ストレートに胸に染みた。

やはり、青覇は己のためではなく、国のために、この国の民のために玉座を欲しているのだ。

それさえ聞けば、充分だった。

「青覇様、翡翠を見つける役目、ぼくにお任せください。ぼくの身体はどうなってもかまいません。取引の条件は、飛鳥を青覇様の子にすること。これさえのんでいただけるなら、ぼくは皮を剥がれてもいいです。玉葉様が言われた方法で」

「この馬鹿者！」

「あぁっ！」

いきなりじいんと頬が熱くなって、瑠音は青覇に叩かれたことを知った。

痛いと感じるより、驚きのほうが勝っていた。

青覇が手を上げるなど初めてで、これほど怒らせてしまったのかと、今さらながら恐ろしくなった。

「玉葉の口車に乗って、己の命を疎かにする気か？　俺がそんなことを許すとでも思っているのか？　ずいぶんと見くびられたものだ」

青覇はさも落胆したといった口ぶりで吐き捨てる。

瑠音は叩かれた頬に手を当てながら、怯えた目で青覇を見つめた。

「青覇、様……、ぼくは、でも……」

言いくるめたいのに、言葉がまともに続かない。

青覇は呆れたように息をつき、そのあとふいに瑠音の手首をつかんだ。

ぐいっと引き寄せられると、自然に青覇の胸に倒れ込んでしまう。

青覇は赤くなった頬に、大きな手を当てた。

「すまぬ。痛かったか？　だが、自分のことを大事にしないおまえが悪いんだぞ？」

宥めるように言われ、瑠音は不本意ながらも頷いた。

確かに怒られても仕方ない言い方だった。でも、たとえ危険だとわかっていても、青覇に協力したい気持ちに変わりはない。

「ぼくは……」

言葉を続けられずにいると、そっと抱きしめられる。

叩かれた頬はまだ痛かったけれど、青覇の温もりに包まれて気持ちが穏やかになっていた。

「おまえは聡いのか馬鹿なのか、よくわからんな」

「でも、青覇様はなんとしても玉座に即かねばならないと」

「ああ、そう言った。しかし、おまえを犠牲にするつもりはないとも言わなかったか？　それすら、もう忘れたか？」

眉根を寄せながら指摘され、瑠音はなんとなく恥ずかしくなった。

よかれと思って進言してみたけれど、よけいなことだったのだろうか。

自分でも衝動的だったかもしれないと、今さらのように後悔の念が湧く。

「黙っているということは、少しは反省したか？」

優しく訊ねられ、瑠音は思わずこくりと頷いた。

ちょうどその時、ぱたぱたと忙しない足音が響いてくる。

ついと振り返ると、今し方お昼寝をしに行ったはずの飛鳥が、頬を濡らしながらこちらへとやって来るところだった。

「ままぁ……ひくっ、まま……」

夢でも見たのか、飛鳥が悲痛な泣き声を上げている。

瑠音はすかさず立ち上がって、飛鳥のもとへと駆け寄った。

「飛鳥、どうしたの？」

「まま、……ぱぱ……、ひっく……ひっく……るねぇ……ひっく」

飛鳥は涙を溢れさせながら懸命に訴える。

瑠音は思わず貰い泣きしながら、小さな身体を抱きしめた。

「飛鳥、お兄ちゃんがここにいるからね」

「るねぇ……ひっく」

「飛鳥、お兄ちゃんはここにいるからね」

瑠音は懸命に言い聞かせたが、飛鳥は必死にしがみついてくる。

ずっと機嫌よくしていた。でも、両親がいなくなって、寂しくないはずがない。飛鳥は幼いながら、必死に寂しさを我慢していたのだろう。

でも夢の中で日本の家のこと、両親が一緒にいた時のことを思い出してしまったのだ。

瑠音は胸が締めつけられたように痛かった。

いつの間にか青覇が近くまで来ており、腕の中の飛鳥ごとしっかりと抱きしめられる。

「おまえは、飛鳥を置いていこうとしていたのだぞ？」

深い声に、瑠音は涙をこぼした。

ぶるりと震えると、宥めるように頭を撫でられる。

「反省したか？」

「……はい……」

瑠音は涙を溢れさせながら、こくりと頷いた。

自分の気持ちに振り回されて、一番大切なことを忘れていた。

飛鳥のためだと言いながら、その飛鳥を一番苦しめる結果を招こうとしていたのだ。

青覇にぶたれたのは当然だ。

自分が恥ずかしくて、穴があったら入りたい気分だった。

「……るねぇ……」

泣いていた飛鳥の声が小さくなっていく。

相変わらず、ぎゅっと胸にしがみついていたが、また眠り始めたようだ。

「怖い夢を見ただけのようだな」

「はい」

「そのまま寝台に寝かせてやれ」

「ありがとうございます」

青覇の指示で、瑠音は飛鳥を抱いたまま奥の寝台へと運んだ。

日中はいつも一緒に過ごしているが、夜は別の部屋で休んでいる。青覇は特別に許可してくれたのだ。

瑠音は飛鳥を寝台に横たえて、濡れた頬を指で拭った。

横から一緒に青覇の手が伸びて、額に貼りついていた髪を直される。

そのあと、ふたりでじっと飛鳥が寝息を立てるまで見守っていた。

「……るねぇ……」

飛鳥が小さく呟いて、くるんと寝返りを打つ。

一瞬どきりとなったものの、飛鳥の顔には笑みが浮かんでいた。

今度は楽しい夢を見ているらしい。

ほっと息をつくと、青覇に肩を抱き寄せられる。

「すみません」

「別に、謝るようなことではない」

「はい」

「これからも飛鳥のことを一番に考えてやれ。もうひとつの翡翠の件は気にしなくていい」

「ありがとうございます」

優しい気遣いが嬉しくて、瑠音は泣きそうになりながら微笑んだ。

「馬鹿が、ようやく得心したか」

青覇はそんなことを呟いて、そっと唇を近づけてくる。

「んっ」

触れるだけの口づけを受けて、胸が熱く震えた。

自分たちは青覇にしっかりと守られている。

改めて思い知らされたことが、心の底から嬉しかった。

†

何日かして、瑠音は呪術師の玉葉から呼び出しを受けた。

「まったく、お婆の奴、人をなんだと思っているのか」

そうぼやいたのは青覇だ。

なんでも、もうひとつの翡翠の行方を探るため、色々と試したいことがあるとの話。青覇は最初、瑠音を宮殿外に出すなど許可できないと断ったそうだ。しかし玉葉は、必要な道具がたくさんあって、いちいち運んでいられないとのことで、さしもの青覇も許さざるを得なかったようだ。

「あの、青覇様がわざわざ行かれることはないと思うのですが……」

青覇はこのところ連日、重臣たちとの政務に勤しんでいる。皇帝不在でも朝廷の機能を止めるわけにはいかず、忙しい毎日を過ごしていたのだ。

「おまえをひとりで行かせるわけがないだろう。俺も一緒だ」

「すみません」

勢い込んで言う青覇に、瑠音は素直に頭を下げた。

そうして訪ねた玉葉の屋敷は、宮城区からずいぶん離れた場所にあった。

青覇の馬に乗せられての移動だったので、瑠音は都の風景などを楽しんだ。

宮城区には皇宮殿をはじめとして、数多くの宮殿が建てられている。役所の機能を持つ建物、祭祀に使われる神殿、そして青覇が長を務める国軍の宿舎や訓練用の用地なども含まれていた。

宮城区と一般の市民が暮らす区域は、高い城壁で区切られている。青瓦を載せた巨大な城門を抜けた先は、真っ直ぐに伸びる大通りだった。

その大通りをしばらく進んでから西方向へと曲がる。青覇のあとには軍装に身を固めた屈強な部下たちが百人ほど従っていた。

ちなみに青覇は鎧をつけておらず、深衣のままで馬に跨がっている。瑠音は青覇の腕に抱かれた横座りの格好だった。これでは完全にお姫様状態だ。

それでも青覇が巧みに馬を制御しているので、乗り心地が悪いなどといったことはまったくなかった。

宮城区に近い場所は貴族街らしく、大きな屋敷が続いている。さらに進んでいくと、その屋敷が疎らになって、都の中とは思えないほど寂れた場所に出た。

そんな中に土塀で囲まれた玉葉の屋敷がぽつんと建っている。さほど大きくもない屋敷で、よく見ると、塀もあちこち崩れかかっている。お化け屋敷とでも言いたくなるような風情だ。

「屋敷を囲んで警戒に当たれ」

「御意に」

邸内に入った青覇は配下に短く命じる。

その青覇の手で馬の背から下ろされた瑠音は、物珍しさにあたりを見回した。

玉葉のことは青覇や侍女の春玲から色々と聞いた。

見た目も相当な年齢だが、玉葉は先々代皇帝の時代から星占いなどを務めていたという話だった。今はもう引退している身だけれど、今回のように国の大事となると、皆が頼りにするらしい。

玉葉がもっとも力を発揮するのは星占いで、その他にも様々な道具を駆使して呪術を行っているとのことだった。

現代日本で暮らしていた瑠音には、呪術という言い方自体がぴんとこない。しかし、あの青覇ですら玉葉の力を信じているのだ。たぶん、物語に出てくる平安時代の陰陽師、安倍晴明みたいな人だと思っていればいいのだろう。

「よう、来られたな。さあ、中へ入ってもらおうか」

白髪の玉葉が自ら青覇と瑠音を迎え入れる。

くすんだ色の深衣はなんとなく汚れて見え、玉葉は白髪の手入れもあまりしていない様子だ。

奥の部屋にとおされた青覇は、開口一番で釘を刺す。

「お婆、瑠音の身体に害を為すやり方はするな。毛ひと筋でも傷つけたら、許さんからな」

「この婆にも怖いものはある。せいぜい青覇様の怒りを買わぬよう努めましょうぞ」

玉葉は呆れたように答える。

そうしたやり取りが交わされたあと、瑠音はいよいよ玉葉の実験台となったのだ。

一番に運び込まれてきたのは、直径二十センチほどある透明な水晶玉だった。

「これに掌をつけてみよ」

瑠音は素直に手を伸ばしたが、水晶に触れる寸前、青覇に制止される。

「くどいようだが、害はないな？」

横から瑠音の手首をつかんだ青覇は、玉葉へと鋭い視線を向けた。

「心配なされずともよい。これは触れた者の真の姿を映す玉だ。ま、うまくいけばの話じゃがな」

「ふん、相変わらず食えぬお婆だ」

青覇はそうこぼしつつも、瑠音の手を離す。

そして瑠音は怖々、水晶玉に掌をつけた。

対面に座った玉葉は、真剣な顔で水晶を覗き込んでいる。

「これはしたり。なんなのだ、この光景は……」

玉葉は皺だらけの顔を歪（ゆが）め、ぶつぶつと呟く。

瑠音にはなんの変化も感じ取れなかった。

しかし、ふと気づくと、青覇が身を乗り出し、玉葉と一緒に水晶玉を覗き込んでいる。

「これは瑠音の生国の景色だろうな」

「何？　青覇様は何故、それを知っておるのだ？」

意外そうに問い返した玉葉に、青覇はにやりと口元をゆるめる。

「お婆にもわからぬか。長生きを自慢しておっても、たいしたことはないな」

青覇は楽しげに呪術師をやり込めた。

玉葉はむっとしたように皺だらけの顔をしかめる。

瑠音はふたりのやり取りを見て、自然と頬をゆるめた。

こうした言い合いを、ふたりは明らかに楽しんでいるのだ。

その後も玉葉は様々な道具を使って、瑠音から秘密を引き出そうと試みた。しかし、どれもたいした効果はない。

玉葉は、まいったなとぼやきながら、白い布を広げた。

「これは？」

一片が五十センチほどの布には、墨で文字が書かれている。

「そなたの背にあった印文の写しじゃ」

瑠音は広げられた布をまじまじと見つめた。

銅鏡に映った文字はさして鮮明ではなかった。こうしてはっきり書かれた文字を見ると、今さらながら不思議に思う。

斜めに切断されたらしき文字群が、どうして異世界から来た自分の背中にあるのだろう？

「それで、次の手はなんだ？」

「まあ、そう急くでないわ。とにかく、この文字の切れ方にはさして意味はないじゃろう。単に翡翠が割れた時に、真っ二つになっただけだと推測できる。そして、もうひとつの塊にあったはずの文字だが……」

玉葉はそこで言葉を切って、じっと瑠音を見据えてきた。

思わずこくりと喉を上下させてしまう。

青覇がそばにいてくれるけれど、この怪しげな玉葉には本能的な恐怖を感じた。

「そなたから秘密を引き出せぬとするなら、やはり、あの飛鳥という子を調べさせてもらうしかないな」

「！」

いきなり飛鳥の名前を持ち出され、瑠音はどきりとなった。

そばでは青覇も顔色を変える。

「お婆、どうして飛鳥の名前を知っている？」

「直接見かけたからに決まっておろう。それに、瑠音殿がそう呼んでいた。あの子が甥なのだろう？」

「瑠音、飛鳥をお婆に会わせたのか？」

鋭く追及されて、瑠音はようやく思い出した。

「すみません。鳳青様と玉葉様が訪ねていらした時、急に飛鳥が客室に駆け込んできて……すぐに連れていってもらったんですけど……」

そう言い訳すると、青覇はますます険しい表情になる。

「お婆、飛鳥のことは忘れろ。あれはまだ幼い。おまえの道楽につき合わせるつもりはないぞ」

「道楽とはずいぶんな言い草じゃの。玉璽を完全な形に戻そうと欲しているのは青覇様であろうに」

「それは違うな。玉璽が見つからないのを言い訳に、俺の即位に待ったをかけているのは、阿呆揃いの重臣どもだ。父上が殺された時に玉璽が失われた。ならば新しく玉璽を作ればいいだけの話ではないか」

「なんと、玉璽を捜す必要はないと言われるか？」

さしもの玉葉も、青覇の爆弾発言には驚きの声を上げる。

瑠音はまじまじと青覇の顔を見つめた。

精悍に整った面には、迷いなどいっさい見えない。

「では、青覇様は玉璽の片割れが見つからなくてもよいのですか？」

「ああ、そうだ。これ以上おまえに負担をかけるなら、古い玉璽など必要ない。新しく作ればいいだろう」

簡単に言い切った青覇に、玉葉は派手なため息をついた。

「青覇様、事はそう簡単ではないぞ」

「お婆よ、簡単なことだ。あの玉璽には力が込められているという。しかし、そんな力があるなら、何故先帝を守りきれなかった？　皇都に族の侵入を許し、あまつさえ玉体を蹂躙されたのだぞ？　玉璽に不思議な力があるなら、どうして皇帝を守らない？　父帝は過不足なく国を治めてきた。なのに、天帝に見放されたとでも言うのか？」

「ううむ……」

正論を吐く青覇に、玉葉は思わずといった感じで黙り込んだ。

権力者がさらなる権力を欲するなら、瑠音の身体は有無を言わさず使い捨てにされただろう。実際に、玉葉はもっと過激なやり方を提示していたくらいだ。

けれども青覇は、瑠音の身体を損なうような真似を許さなかった。

それもまた、青覇が玉璽に執着していなかったせいなのだろう。

「そういうわけだ。婆よ。もう片方の翡翠、見つけられぬなら、新しき玉璽を用意してくれ」

「はああ、まったく……人使いの荒いお人じゃ」

玉葉はそうぼやきながらも、どことなく嬉しげに見えた。

「そうとなれば、こんな化け物屋敷に長くとどまるいわれはない。瑠音、そろそろ宮殿に帰るぞ」

青覇はそう言って、すっと立ち上がる。

「待て。まだ調べたいことがある。いくらなんでも諦めるには早かろう」

玉葉は慌てたように言い募る。

しかし青覇は、その玉葉を無視して、瑠音に向かって手を差し出した。

「さあ、行くぞ」

「はい」

瑠音は素直に答えて、青覇の手に自分のそれを重ねる。

玉葉には気の毒なことになったが、自分は青覇に従うだけだ。

早々に呪術師の屋敷を出て、再び青覇の馬に乗せられて宮殿へと戻る。

百名ほどの武人たちも、何も言わずについてくる。

「瑠音。俺はこのあと太極殿へ行かねばならぬ。帰りは遅くなるが、大人しく待っていろ」

瑠音を馬から下ろし、青覇は再び馬上の人となる。

「行ってらっしゃい」

宮殿の門前で、瑠音は微笑を浮かべながら青覇を見送った。

八

もうひとつの翡翠の行方は結局わからないままだったが、青覇がさほど執着していなかったことで、瑠音は気持ちが軽くなっていた。

もちろん自分に何か協力できるなら全力を尽くしたいと思う。

しかし、少し前までのように、飛鳥と青覇のために、命を賭してでもという悲壮感はさすがになくなっていた。

だが現実は思わぬ残酷さで瑠音に迫ってきた。

宮殿の自室に戻り、ほっとひと息ついた時のことだった。

侍女の春玲が青い顔で駆けつけてきたのだ。

「る、瑠音様っ！」

息を切らした春玲が、どっと瑠音の足元に倒れ込む。

「どうしたんですか？　そんなに慌てて」

「はっ、はあ、も、申し訳ありません！　飛鳥様が、飛鳥様のお姿がどこにも見えなくて」

「えっ？」

もたらされた情報に、瑠音はきょとんとなった。

「お庭で犬と遊んでおられたのに、お姿が消えてしまって」

春玲は瑠音の深衣の裾に縋りつく。

いつも冷静沈着な侍女がここまで取り乱していることで、瑠音は背筋がぞっとなった。

「どういうことですか？　何が起きたのか、ちゃんと説明してください」

「は、はい……、すみません」

瑠音が叱りつけるように言うと、春玲はようやく我に返ったように、飛鳥の失踪について話し始めた。

説明によると、飛鳥は仔犬の青を庭で遊ばせていたとのこと。そして飛鳥が姿を消したのは、仔犬が原因だったらしいこと。

瑠音はすぐに飛鳥の部屋に向かった。そして庭に駆け下りて、問題の城壁を確かめた。

石造りの城壁は宮殿全体に巡らされている。大人が背伸びしても手が届かない高さで、四つある門はそれぞれ屈強な衛士が守りについている。

だが木立の陰になった場所が掘り返されており、城壁の下に小さな穴が空いていた。

「ここから外へ出たんですか？　どうして？」

いくら幼くとも、飛鳥はそんな無茶はしないと思う。

庭には侍女だけではなく衛士も集まっている。そこで瑠音は今までの経緯を知らされた。

侍女たちが飛鳥から目を離したのは、ほんの短い時間だった。そしていなくなったと同時に、皆で飛鳥を捜したとのこと。

その結果、庭に面した城壁の下に、穴が掘られていたことが発見された。まるで仔犬が悪戯して掘り返したような穴で、大人は無理でも小さな子供なら通り抜けられる。

衛士の推測では、外から仔犬と飛鳥を誘い出した者がいるのかもしれないとのことだった。

「捜してください！」

「衛士がすでに宮殿の外も調べております。なんとしても飛鳥様を見つけ出します」

春玲は泣きそうな顔で答える。

瑠音も泣きたい気分だったが、飛鳥を見つけ出すまではなんとしても堪えねばならない。

「青覇様にも知らせてください。今し方太極殿に向かわれたばかりです」

「伝令が追いかけておりますので」

「それじゃ、ぼくも捜しに行きます」

瑠音は言ったと同時に、城門へ向けて走り出した。

「瑠音様、お待ちください！　外には何があるかわかりません。危険ですから、どうか宮殿でお待ちください」

春玲が慌てたように叫ぶが、瑠音は止まらなかった。

とてもじゃないが、じっとはしていられない。

数多くの宮殿が建てられている宮城区は、森や花々の咲き乱れる野原などを内包した巨大な自然公園のような場所だ。宮殿と宮殿を繋ぐ道は整備されているが、その道を外れてしまえば、誰がどこへ向かっているかまったく見当がつかなくなる。

宮殿の衛士と侍女たちは総出で飛鳥を捜したが、すぐには手がかりも得られなかった。

春玲を振り切って外へ飛び出した瑠音は、あてもなく飛鳥を捜し回った。

「飛鳥！　飛鳥！　いたら返事して！」

声を嗄らして呼んでみても、居場所を特定する手がかりすら得られない。

スマホを使ってGPSで追跡できればどんなにいいか。

そんなことを願っても、どうにもならなかった。バッテリーはとうに切れているし、人工衛星も飛んでない。

仔犬と一緒にいる可能性が高いので、瑠音は通りから外れて森へと向かうことにした。

城壁の外から誰かに誘い出された。

その推測が確かなら、飛鳥は誘拐されたのかもしれない。

しかし瑠音は強く首を振って恐ろしい考えを否定した。

そんな時、森の中をとおる小径から二頭立ての馬車が近づいてくる。貴人が乗っているのか、前後左右に騎乗した護衛がついていた。

呼び止めて、子供を見かけなかったか訊ねてみよう。

そう思った時、タイミングを量ったかのように馬車が停まる。

「あの、もしや、あなたは瑠音様ではございませんか？」

気勢を削ぐように訊ねられ、瑠音ははっとなった。

帳を下ろした馬車に乗っているのは女性のようだ。

「ぼくは確かに瑠音と申しますが……」

「では、どうぞこの馬車にお乗りくださいませ」

か細い声で勧められ、瑠音は警戒を強めた。

「ぼくはあなたを存じ上げません。ですから、いきなり馬車に同乗せよと言われても困ります」

瑠音は断り文句を口にした。

ここは青覇の宮殿内ではない。しかも懸命に歩き回ったので、他の侍女たちからははぐれてしまった。怪しい雰囲気ではないものの、頭から信用していいとも思えない。

「お子様をお捜しなのではないかと思ったのですが？」

「えっ？　もしかして、飛鳥がどこにいるかご存じなのですか？」

思わぬ言葉に瑠音は身を乗り出してたたみかけた。

「あら、飛鳥様とおっしゃるのですか？　三歳ぐらいの可愛らしいお子様でした。迷子になっているご様子でしたので、今は私の知人がお預かりしております」

そんな言葉とともに、馬車の帳が静かに上げられる。

「飛鳥を預かってくださっているのですか？　ありがとうございます！」

「ここからさほど遠くない屋敷です。ご案内しますので、どうぞお乗りになってください」

「本当になんと御礼を申し上げてよいか。あの、屋敷の者に告げてまいりますので、少しお待ちいただけませんか？」

瑠音は勢い込んで言ったが、女性はゆっくり首を左右に振る。

「申し訳ないのですが、今は急いでいるので、お待ちしている時間がありません。もし、どうしてもということでしたら、のちほど宮殿のほうにお送りしましょうか？　お小さいお子様ですから、泣かれると困ってしまいますけど」

やんわりした言い方だが、女性は折れてくれそうもない。

遅ればせながら、頭の中で警報が鳴り響いた。

女性は瑠音の名前を知っていた。それに、どの宮殿にいるかも承知している様子だ。

迷子の子供を預かっているという話も、どことなく怪しい。

誰にも告げずにこのまま馬車に乗っていいものだろうか。

しかし迷ったのはほんの一瞬だった。

とにかく飛鳥を保護しているというなら、どんなに怪しくても行くしかなかった。

「それでは、お願いします」

覚悟を決めて馬車に乗り込むと、中にいたのは扇で顔を隠した女性だった。かなり高貴な身分らしく、身につけている深衣や装飾品は贅を尽くしたものだ。

「飛鳥はどこにいるのでしょう？」

「そう遠いところではありません」

「どうして、ぼくの名前をご存じだったのですか？」

「ほほほ、白銀の髪のとても麗しいお方だと伺っておりましたので」

女性は明らかに何かを隠している感じだ。

飛鳥の失踪は悪意をもって仕組まれたものと考えるのが自然な流れだった。

衝動的に馬車に乗ってしまったが、後悔はしていない。

とにかく飛鳥の顔を見て、無事を確かめる。

現時点ではそれ以上望むことなどできなかった。

瑠音は女性には気づかれないように、身につけていた装飾品を外した。そして、馬車の揺れに合わせて、帳の隙間からひとつ、ふたつと落としていく。

きっと宮殿の誰かが、この目印を見つけてくれるはずだ。

そして知らせがいけば、必ず青覇が様子を見に来てくれるだろう。

馬車は途中で何度も曲がった。帳の隙間から外の様子がなんとなくわかる。でも似たような小路をとおるので、どの方角へ向かっているのかわからなくなった。

いったいどこまで進んでいくつもりなのか、瑠音は不安でいっぱいになった。

ガラガラとうるさい音に交じって、犬の鳴き声が響いたような気がする。

しかし帳を上げてしっかり確かめるのは、なんとなく躊躇われた。

馬車は三十分ほど走ってようやく停まる。

「着きました」

「あの、ここはどこなのでしょうか？」

瑠音はそう訊ね返したが、女性は扇を口元に当てて艶然(えんぜん)と微笑むだけだ。

待つほどもなく、外から帳と扉が開けられる。

馬車が停まっていたのは、どこかの屋敷の庭だった。

「こちらへどうぞ」

案内に立ったのは、渋い葡萄茶(えびちゃ)の深衣を着た男だ。

瑠音は大人しくあとをついていった。

とおされたのは屋敷の奥の部屋で、贅を尽くした調度が配置されていた。

一段高くなった場所に敷物が用意されており、年配の男がゆったり座っている。

「よくお出でになられたな。さあ、こちらへ」

声をかけてきたのは昂国の重臣だった。

確か太極殿では兄皇子についで上座に座っていたはず。緊張していたので、詳しくは覚えていないが、青覇に敵対しているグループだと思う。

「私の甥がこちらでお世話になっていると聞きました。どこにいるのでしょうか？」

瑠音は腰を下ろす間もなく、たたみかけた。

「ずいぶんと慌ただしいことですな。挨拶ぐらいは受けていただきたい。我は宰相を務めておる袁だ。何も取って食いはしないゆえ、座られよ」

呆れたような調子で言われ、瑠音は仕方なく敷物の上に座った。

宰相といえば、重臣の中でも一番の大物だ。

「飛鳥を保護していただいたとのこと、このとおり御礼を申し上げます。無事を確かめたいので、会わせていただけませんか？」

瑠音は怒りが噴き出しそうになるのを必死に堪え、丁寧に頼み込んだ。

「ご心配なさらずとも、子供は侍女に面倒を見させておる。それより、少し話をさせてもらいたい」

「お話とはなんでしょうか？」

辛うじて穏やかに問い返すと、袁はにやりと笑う。

「そなたは翡翠の導き手であるという。先日、皇太子殿下からも話があったと思うが、我にもそなたの背にあるという玉璽の印文を見せてもらいたい」

いきなりストレートに要求されて、瑠音は息をのんだ。

背中に文字が浮き出るのは、特殊な状態になった時だけだ。安易に要求されても応えようがない。

「申し訳ないですが、今は無理です。呪術師の玉葉様にお訊ねください。文字の写しをお持ちです」

「写しなど信用できん。我はこの目で確かめたい。いやだと言うなら、無理にでも見せてもらうが？」

脅すように言われ、瑠音はぞっとなった。

さすがに宰相というべきか、圧力が半端ない。

それでも青覇以外に肌をさらすのはいやだ。まして興奮しないとあの文字は出てこない。見知らぬ人間にそんな状態を見せられるわけがない。

「申し訳ないですが、お断りいたします」

瑠音は硬い声で答えた。

「なんと、恐れを知らぬ者よ。下手に出ておれば調子に乗りおって。抵抗しても無駄だということがわかっておらぬのか？」

急に態度を変えた袁に、瑠音は押し黙った。

やはり自分はこの屋敷に無理やり招待されたらしい。飛鳥が連れ出されたのも、背中の印文が目的だったのだろう。

小さな子供を誘拐するなど、絶対に許せない。けれども接し方を誤ると、飛鳥を危険にさらすことになりそうだ。

「袁様、甥のことが心配で他には気が回りませんでした。どうぞ、お許しください」

瑠音は素直に頭を下げた。

「ふむ、わかればよい」

袁は尊大に構えている。

瑠音はどうすれば事がうまく収まるか必死に考えながら口にした。

「私の背中にある印文、お見せするのはかまわないのですが、今すぐというのは無理です」

「無理とはどういうことだ？」

剣呑な調子で目を眇めた袁に、瑠音は気圧されそうになったが懸命に堪える。

「通常の状態では何も浮き出てこないのです」

「では、どうすればよいのだ？」

「準備をさせていただきます。時間がかかると思いますので、その前に、どうか甥に会わせてください。無事な姿を見ないと不安でたまりません。このような状態では、背中の文字が浮かんでこないかと思います」

瑠音は懸命に平静を保ちながら、袁を見据えた。

とにかく飛鳥の無事を確かめる。それから、なるべく時間を稼ぐ。

僅かだが手がかりを残してきた。だから、きっと青覇が迎えに来てくれるだろう。

青覇が来てくれるまで、うまく立ち回らなければならない。

袁はさも気に入らないといったように顔をしかめるが、瑠音の言い分は信じたようで、側仕えの者に子供を連れてくるよう命じる。

瑠音は緊張のあまり小刻みに震えながらも、ほっとひとつ息をついた。

しばらくして、大声で泣いている飛鳥が連れてこられる。

「飛鳥！」

瑠音は反射的に立ち上がり、飛鳥のそばまで走った。

「うわぁぁ――ん、うわ――ん、ひっく……ひっく」

「飛鳥、もう大丈夫だからね。お兄ちゃん、迎えに来たから、もう怖くないよ？」

「るねぇ、ひっく……えぇ――ん、るねぇ、ひっく……ひっく」

飛鳥はぎゅっとしがみついてきた。

瑠音は飛鳥を抱きしめたまま、何度も宥めるように頭を撫でてやる。

「怖かったね？　でも、もう大丈夫だからね」

「ひっく、わんわんが……ひっく、しらにゃいひとばっかり……るねぇ、しぇいが、ぶたれた……かわいそ……こわかった……ひっく」

飛鳥はしゃくり上げながらも必死に訴える。

詳細は不明だが、やはり無理やり連れてこられたのだろう。

瑠音は怒りにとらわれながら、手巾を取り出して飛鳥の濡れた頬を拭ってやる。

「気が済んだか？　そろそろ殿下もお見えになる頃だ。早く準備をせよ」

　横から袁がうんざりしたように口を出す。

「鳳青様がお見えになるのですか？」

　瑠音は思わず眉をひそめた。

　青覇と敵対しているとはいえ、鳳青は人がよさそうに見えた。なのに、こんな悪巧みに荷担していたとは信じられない。

「鳳青殿下は青覇様とは違う。あのお方こそ、玉座に即くに相応しい器。武力頼みの青覇様では、政などできるはずもない。もちろん鳳青様が即位されれば、我も全力でお支えするが」

　宰相は自信たっぷりに言う。

　今以上の権力を手に入れる気でいるのは明らかだ。

　とにかく飛鳥を取り戻せたが、このあとどう切り抜ければいいだろう。

　青覇様、早く助けに来て！

　瑠音は心の中で念じながら、強ばる頬を無理やりゆるめた。

「鳳青様がお見えになるなら、もっときちんとした格好でご挨拶したかったです。先日も宮殿のほうにお越しくださいまして、色々とお話しさせてもらいました」

　不審を招かぬようにしゃべり続けるのは大変だった。

　でも、もっと時間を稼ぐしかない。

ちょうど歩廊に足音が響き、雅(みやび)な装いの鳳青が姿を現す。

「宰相、急な呼び出しで驚いたぞ。瑠音殿が来られているそうだな」

瑠音は飛鳥を横に座らせ、鳳青に向かって丁寧に頭を下げた。

「おお、瑠音殿か。その子も一緒ということは、無事に青覇のもとから出てこられたのだな?」

「え?」

「青覇は怒らせると何をするかわからない。しかし宰相がうまくやってくれるだろう。私も瑠音殿に力を貸そう。だから、何も心配することはない」

にこにこと機嫌がよさそうな鳳青に、瑠音は思わずきょとんとなった。

この方は何も知らないのか?

おそらく宰相がうまく言いくるめているのだろう。

しかし、それにしても、鳳青はどこか感覚がずれている気がする。

「殿下、この者の背中をまずは確かめたいと思います。この者が本当に翡翠の導き手であるなら、もう片方の翡翠は殿下のもとに。それでもう殿下の即位に異議を唱える者はいなくなりましょう」

おもむろに口を開いた宰相に、鳳青は、うむ、と頷く。

いずれにしても瑠音の問題はまた片付いたわけではない。

「さあ、早く準備をせよ」

宰相に急かされて、瑠音の緊張が再び高まった。

「申し訳ありません。まだ落ち着かないので、今少しお時間をいただけませんでしょうか」

心臓が不穏な音を立てているのを無視して、懸命に言葉を紡ぐ。

だが、瑠音の適当な言い訳は、後ろに控えていた小柄な男によって破られた。

「失礼ですが……」

男は宰相に躙（にじ）り寄り、耳元で何か囁いている。

「何？　それは真（まこと）か？」

「はっ、太極殿の宦官に鼻薬を効かせて聞き出しましたゆえ、本当のことかと思います」

瑠音はいやな予感に身を震わせた。

この小柄な男には見覚えがある。確か最初に色々と探りに来た呂という男だ。

呂の話を聞き終わった宰相は、にやりといやらしい笑みを浮かべる。

「まさか、そのようなことだとは……これはいい。早速、準備をしてもらおうか。呂よ、西国（さいごく）から渡ってきた媚薬（びやく）があるはずだ。ここへ持ってこい」

「ははっ、今すぐに」

小柄な呂は、すかさず立ち上がって部屋を出ていく。

今、媚薬とか言わなかったか？

もしかして、どうしたら文字が浮き出るか、全部知られている？

瑠音はぐらりと倒れそうになるが、飛鳥の小さな手を握っていたお陰で、辛うじて堪えた。

「そなたのようなどこの誰とも知れぬ者を酔狂にも后に据えるとは、皇子は気がおかしくなったのかと思っていたが、そういうことだったのか。なるほど、玉璽をすべて手に入れるため、仕方なかったのだな。くくくっ、まったく、笑わせてくれるわ」

「宰相、いかがした？」

突然笑い出した宰相に、鳳青が眉根を寄せる。

「いや、失礼いたしました。ですが、殿下にも面白いものをお見せできることと思います。いましばらくお待ちください。くくくっ」

宰相はそう答えつつ、また大声で笑っている。

今すぐ飛鳥を連れて逃げたくなったが、そう簡単にはいかないだろう。

媚薬というのが空耳でなければ、この先待ち受けているのはろくでもない展開だ。

飛鳥を守りながら、どうやってこの難局を切り抜けるか、いくら考えてもいい考えは思い浮かばない。

青覇様、早く助けに来てください！

瑠音は心の内でそう願うしかなかった。

席を外していた呂が戻ってきて、瑠音はいよいよ追いつめられる。

「さて、背中の印文を浮き出させるのに時間がかかるという話だったな。こちらで手伝ってやるから、ここで身を横たえろ」

「な、何をなさる気ですか？」

　瑠音は恐怖を振り払い、気丈に言い返した。

「何をするだと？　喜べ。この媚薬を使っておまえを感じさせてやる。身体が熱くなれば、文字が浮き出てくるのだろう？　ああ、隠しても無駄だ。太極殿の宦官からの情報だからな」

「まさか、この場で！」

「そのとおり。今すぐおまえの秘密を暴いてやろう」

　薄々予想していたこととはいえ、瑠音はあまりのおぞましさに息をのんだ。

　飛鳥の手をぎゅっと握りながら、そろそろと後じさる。

　だが、宰相が無言で顎をしゃくった時、まわりで控えていた側仕えが何人も飛びついてきた。

「待って！　離してください！　乱暴するなよ！」

　瑠音は飛鳥に覆い被さって蹲った。

「早く取り押さえよ」

　しかし無情にも、大人数の手であっさり取り押さえられてしまう。

「やあぁ――っ！　るねぇ……うわ――ん」

　びっくりした飛鳥が再び大きな声で泣き始める。

　側仕えは邪魔になった飛鳥まで乱暴につかんで横に突き飛ばした。

「何をするんだ！　飛鳥に触るな！」

瑠音は必死に側仕えを振り払った。

だが、どんなに手を伸ばしても、転がされた飛鳥には届かない。

それどころか無理やり床に押さえつけられて、非力な自分がつくづくいやになった。

「やだ、るねぇ……るねぇ……うわあぁ――ん、ひっく、あぁ――ん」

「飛鳥……っ」

抵抗をすべて封じられ、飛鳥を守れない。

青覇様、助けて！

瑠音にはもう天に祈るしかなかった。

「とりあえず、深衣を脱がせて背中を出せ」

「はっ、かしこまりました」

「くっ」

宰相の命令で、瞬く間に深衣を脱がされる。背中を剥き出しにして、敷物の上に張りつくような格好だ。両手両足を押さえられ、身動きすることさえできなかった。

「宰相、あまり乱暴にしては可哀想だ。もっと優しくしてやってくれ」

「殿下、此奴が暴れないように押さえているだけです。傷つけてはおりません。ふむ、何もないな」

鳳青の取りなしを、宰相はあっさり受け流す。

悪い人ではないのだろうが、鳳青はまったく頼りにならなかった。

「やめてください。こんな無理やりじゃなくても、お見せできるはずです」

瑠音は精一杯力を込めて宰相を睨んだ。

だがあくどい宰相は、瑠音の言葉に耳を貸すこともなく、次の命令を飛ばす。

「その媚薬、身体中に塗りつけてやれ。背中や胸だけではなく、中心や尻の孔、くまなく塗り込めるのだ」

側仕えたちはすぐさま命令に従う。

「くっ」

身体中にべっとりと軟膏を塗られ、瑠音はきつく唇を噛みしめた。

甘い匂いがしているものの、肌への刺激が強い。塗られた箇所がじんじんと疼くように熱くなった。

飛鳥の泣き声が耳について、胸が張り裂けそうな痛みを感じる。

こんなふうに大勢の人間に押さえつけられているのを見て、飛鳥はどれほど怖がっていることか。

なのに宰相はさらにひどい命令をくだす。

「子供の泣き声がうるさい。向こうへ連れていけ」

言いつけられた侍女が三人がかりで暴れる飛鳥を抱き上げている。

必死に抵抗し泣き叫んでいる声が徐々に遠ざかっていった。

飛鳥と引き離され、瑠音は生きた心地もしなかった。でも一方では、こんなひどい有り様を見せずに済んでよかったとも思う。

目的が果たせたのだ。これ以上飛鳥にひどいことはしないだろう。瑠音にはそう祈るしかなかった。

身体中に媚薬を塗られ、耐えがたい熱に襲われている。

「おお、背中に何か浮かんできたぞ」

「なんと不思議な……これはまさしく印文だ」

宰相と鳳青が揃って驚きの声を上げる。

そのそばで、瑠音は懸命に熱い息を押し殺していた。

「うっ、……く、ふ」

媚薬が効いてきたのか、身体の芯からおかしな疼きに見舞われる。

考えたくないのに、身体はすでに興奮状態にあった。

こんな卑劣な者たちの前で醜態はさらしたくない。けれども、身体に巣くう熱は上がっていく一方で、どうにも堪えようがなかった。

「はっ、く……、うぅ」

「ほお、確かに玉璽の印文を移しておる」

「鮮やかなものだ」

「ちょうど半分だな」

「これは割れた玉璽と同じ形ということか」

宰相と鳳青は感心したように言い合っている。

鳳青はまだよかったが、宰相のほうは、直接手で触れてきて、そのたびに瑠音はびくりと震えた。

困ったことに、さらに熱が上がっている。性的な愛撫を受けたわけでもないのに、あらぬ場所が反応しそうになっていた。

「さて、この者、いっそのこと殿下が手をつけられてはいかがですかな?」

「何を言い出すのだ、宰相」

「此奴は興奮すると背中に印文が浮かぶ。となれば、とことん可愛がってみれば、あとの半分も浮かんでくるやもしれませぬ。さすれば、残りの翡翠も自然とお手元に運ばれてくるのではないかと思います」

「それは真か?　しかし、我は瑠音殿を傷つけたくないぞ」

「さようであれば、大切に可愛がってやればよいだけではないですか」

瑠音を無視してふたりはよからぬことを言い始める。

だが腹立たしさよりも、身体の渇きのほうが深刻で、文句を言うどころではなかった。ずきんずきんと中心が脈打ち始めている。羞恥で死にそうなのに、後孔まで疼いてきてしまったのだ。

「我は瑠音殿を幸せにしてやりたいと思っている。青覇は傲慢なところがあるゆえ、苦労しているだろうからな」

「それなればこそ、なお都合がよいではないですか。このまま抱いてしまわれてもよろしいですぞ」

「だが、青覇がなんと言ってくるか」

おっとりとした鳳青は、しきりに気にしている。

そして宰相は、俯せにさせていた瑠音を簡単に仰向けの体勢にした。

裸にされたのは上半身だけだが、両側から覗き込んでくるふたりの視線にぞっとなる。

「青覇様は傲慢なご性格ゆえ、他の者の手がついたとなれば、この者を追い出しにかかるのではありませんかな?」

「瑠音殿を追い出す?」

「さよう。いずれにしても、この者、しばし我らのところに留め置く必要があります。期間が長ければ、青覇様も当然疑うことでしょう。用が終わって放り出すのも可哀想ゆえ、殿下がお気に召さぬと言われるなら、我がこの者をいただきましょうか」

宰相は恐ろしいことを口にして、いやらしい手つきで肌に触れてくる。

肩を撫でられ、首筋から胸のあたりまで指先でたどられて、瑠音はおぞましさに硬直した。

だが、いやなのに、指が這った場所がさらに熱くなっていく。

まるで愛撫を待ち望むように肌がいっそう敏感になっていた。

「うく……ぅぅ」

呻きを漏らさぬように必死に我慢する。

「おお、どうやら感じておるようだな。我慢せずともよいぞ。気持ちいいなら素直にそう口にしろ。我が手でたんと可愛がってやろうほどに」

「宰相、待て」

「だ、誰がそんなこと……っ、汚い手で、ぼくに触るな！」

鳳青の声に続き、瑠音は夢中で叫んだ。

しかし罵倒された宰相は、怒りに駆られたように顔を歪める。

「生意気な。我に逆らえば、おまえの甥がどうなるか。だいたい、媚薬のお陰で男が欲しくてたまらぬはずだ。そら、胸もつんと尖らせておる」

「ああっ」

乳首をぎゅっと摘まれて、瑠音はとうとう悲鳴を上げた。

ずきんと痛みが走ったあと、いちだんと熱い疼きに襲われる。

いくら媚薬のせいとはいえ、これ以上嬲られるのはいやだ。

「宰相、もうその辺にしておけ。瑠音殿のことは、あとで我が」

鳳青がそこまで言った時だった。

突然、剣で打ち合うような金属音が響いてきた。

「せ、青覇、何故ここに？」

「青覇様……どうやってここまで」

鳳青と宰相の驚いたような声に、心臓が高鳴った。

必死に視線を向けると、長い髪を後ろでひとつに束ねた軍装姿の青覇が長剣を振るっている。

宰相の配下の者が大勢群がっていたが、青覇の剣の腕は圧倒的だった。

動きは舞のように優雅なのに、剣をひと振りしただけで、次々と配下の者たちが倒れていく。

「青覇様……っ！」

瑠音は涙を溢れさせた。

絶対に来てくれると信じていた。

でも、思うように時間稼ぎができなかったので、諦めかけていた。

なのに、やっぱり青覇は来てくれた。

これで飛鳥も助け出せる。

そう思うと胸がいっぱいで、涙を堪えることができなかった。

青覇の勢いに、宰相と鳳青は完全に腰が退けている。

瑠音は懸命に身を起こして、乱れた深衣を整えた。

「袁宰相、我が后をさらって手込めにするつもりか？　兄上も同席とは驚いた話だ。弟のものに手出しなさるとは、いかに兄上といえど、許しませんぞ」

青覇は剣を振るいながら、声を張り上げる。

現れたと同時に、この場を支配してしまうカリスマ。それが青覇だった。

「こ、ここは、我が別邸……いくら青覇様でも、この狼藉（ろうぜき）は」

「黙れ！　卑劣な手で子供をさらい、我が后を無理やり連れ去ったのはおまえだろう？　俺は己のものを取り戻しに来ただけだ。文句は言わせぬ」

「ぐっ……」

青覇が一括しただけで、宰相は黙り込んだ。そして逃げ場を探すように視線を泳がせている。

「せ、青覇、すまぬ。瑠音殿に乱暴をするつもりはなかった。ただそなたが瑠音殿を粗雑に扱っているのではないかと思い」

「兄上、勘違いしないでいただきたい。瑠音は自らの意志で俺のもとにいる。確かに俺は強引に瑠音を后にした。だが、瑠音は満足しているはずだ。そうだな、瑠音？」

青覇はそう問いながら、瑠音のそばで片膝をつく。

そのましっかりと抱きしめられて、瑠音は涙を溢れさせた。

「きっと、来てくださると、思って……ました。飛鳥が……飛鳥が……ううっ」

「大丈夫だ。飛鳥なら手の者が保護した。すぐにここへ連れてくる」

「よかった……ありがとう。青覇様、ありが……ぅ。ぼ、ぼくは信じて……青覇様を信じて」

嗚咽交じりに訴えると、背中にまわった腕に力が入る。

青覇は瑠音を宥めつつ、立ち上がった。

「兄上、いい加減に目を覚まされよ。袁から何を吹き込まれているか知らぬが、その男は兄上を玉座に即け、己が権力を振るうことだけが望み。国や民のことなどまったく考えていない。先帝を殺めた暴徒どもを裏で操っていた疑いもある」

「ば、馬鹿な！　いったい何を証拠に」

「袁よ。悪いがおまえはもうお終いだ。時間がかかったが、おまえが暴徒どもの黒幕だったという証拠をようやく入手した。ただで済むと思うなよ。先帝を弑逆した罪、俺のものに手を出そうとした罪、いずれもきっちり片をつけてやる」

青覇は冷え冷えと言い放つ。

袁は口をぱくぱくさせるだけで、言い訳さえできないようだった。

「本当、なのか？　宰相が父上を弑逆したとは」

鳳青は呆然としたように呟く。

青覇はショックを受けている兄を気遣うように優しげな目を向ける。

「証拠をいくつか押さえてあります。公の場で裁きをくだすつもりです。兄上もその証拠を見れば納得されるでしょう」

「……我は宰相を信じていた。よき政を行う実力者だと。それなのに、どうしてこんなことに……我には人を見る目がないのか？　この体たらくでは、弟のそなたに負けるのも当然か……」


意気消沈した様子の鳳青は見ているのが気の毒になるほどだった。

根はよい人なのだと思う。だからこそ宰相は、その人のよさにつけ込んだのだろう。

青覇のようにひと筋縄ではいかない人物とは違い、傀儡とするには都合がよかったのだ。

「兄上、しっかりなされよ。兄上にはこのあと、色々と働いてもらわねばなりません」

「しかし私はおまえと敵対していた。宰相の正体に気づかなかったことも、許されない失態だ」

「では、その失態を取り戻すためにも、今後の国政を手伝っていただきたい」

鳳青は真剣な眼差しで青覇を見つめていたが、しばらくして、しっかりと首肯する。

「色々と迷惑をかけた。今後は不明だった己の罪を償うために力を尽くそう」

「兄上にそう言ってもらえて、ありがたい」

答える青覇は晴れ晴れとした表情をしていた。

これで兄弟が争うこともなくなったのだ。

しかし、尻餅をついたままの宰相は、憎々しげに青覇を睨んでいた。

「これで何もかも手に入れたとお思いか？　証拠などいくらでも捏造できる。果たしてどれだけの貴族が青覇様の言い分を信じるか」

宰相は開き直ったように言う。

青覇は少しも恐れることなく、その宰相を嘲笑った。

「袁よ。おまえについていた貴族の多くは、すでに鞍替えしている。俺に敵対していたことの許しを得ようと、毎日のように訪ねてきておる。日和見に徹している貴族など、当てにしているわけではないが、おまえに味方する者はもう誰もおらんぞ」

「な、何を……」

強気だった宰相は再び顔色を変えていた。

青覇はその宰相にはもう目を向けず、室内に入り込んでいた兵たちに命じる。

「宰相を捕らえよ。自害はさせるな。罪を明らかにしなければならぬからな」

「はっ」

命に応じた兵たちはいっせいに宰相に躍りかかる。

「やめろ！　我を誰だと思っている？　無礼な！」

縄を掛けられた宰相は最後まで喚いていたが、その叫び声にはもう力はこもっていなかった。

宰相が連れていかれるのと入れ替わりで、兵のひとりに抱かれた飛鳥が姿を見せる。

「飛鳥！」

瑠音はまっしぐらに駆け寄って、飛鳥を受け取った。

そして、涙を流しながら抱きしめる。

「るねぇ、こわかったよ……、ひっく……」

飛鳥はそう言って、ぎゅっとしがみついてくる。

「ごめんね、飛鳥。怖かったね。でも、青覇様が助けに来てくださったんだよ？　だから、もう悪い人はいないから」

瑠音がそう言い聞かせると、飛鳥は少し身体を離して振り返る。

「しぇいはしゃまぁ」

甘えた声を出す飛鳥に、瑠音は泣き笑いの顔になった。

青覇はすでに隣に立っており、飛鳥ごとしっかりと抱きしめられる。

「偉かったな、飛鳥。悪い奴はもういないぞ。だから、瑠音と一緒に宮殿に帰るぞ」

「うん、いっちょにかえる。ねぇ、しぇいはしゃま、わんわんは？　わんわんのせいは？」

「おお、青か。おまえたちを見つけたのは青だ。手柄を立てたのだ。帰ったら褒めてやらねばならぬな」

「わんわんのせい、えらい？」

「ああ、偉かった。おまえと同じように、おまえの犬も偉かったぞ」

無心にしゃべっている飛鳥と、きちんと問いに答えている青覇。

ふたりの話を聞いて、瑠音は涙が止まらなくなった。

九

宰相の別邸から宮殿へと戻り、侍女や衛士たちから歓声をもって迎えられる。

うかうかと飛鳥の誘拐を許し、また瑠音をひとりで敵地に行かせてしまったことで、彼らは皆、いたく落ち込んでいたが、他ならぬ青覇が甘えを許さなかった。

「二度とこのようなことがないよう心して務めよ」

たったひと言で、宮殿中の者たちが決意も新たに平伏する。

それぞれの胸の内には熱いものが燃えさかっているかのようだった。

事件の詳細も明らかにされた。

城壁の下に掘られた穴は人の手によるものだったらしい。衛士が見張っている場所からちょうど死角になっていたせいで、暴挙を許してしまったのだ。すぐさま衛士を増やすことになったのは言うまでもないことだ。

穴から差し入れられたのは甘い菓子で、仔犬の青がつられて穴をくぐった。飛鳥は仔犬が心配で、あとを追いかけたようだ。

飛鳥がさらわれ、青は懸命に主を助けようとしたらしいが、小さな躯ではそれも限界があった。青には打撲(だぼく)の腫れが残っていたが、幸い傷は軽いものだった。

そのあと青は名誉挽回とばかりに大活躍を見せたらしい。瑠音が落とした飾りものを見つけたのは青で、鼻を利かせて馬車のあとも率先して追いかけたとのこと。

宮殿に帰ってきた飛鳥は一番に青に会いに行って、いつまでも抱きついていた。

その飛鳥だが、怖い思いをしたにもかかわらず元気な様子だったので、瑠音はほっと胸を撫で下ろした。ＰＴＳＤなどの心配はあるけれど、どこにも怪我がなかったのは不幸中の幸いだろう。

とにかく今日は朝から大変な一日だった。

軽い夕餉を済ませ、飛鳥をお風呂に入れてから寝かしつける。まともに寝てくれるか不安だったが、飛鳥は布団に入れたとたん、すやすやと寝息を立てた。

すべての用事を済ませ、自分の居室へ引き揚げたのは、かなり遅くなってからだった。

今宵も青覇が訪れている。

改めて顔を合わせ、瑠音はほっと息をつきながら微笑んだ。

「青覇様、今日は本当にありがとうございました。青覇様が来てくださらなかったら、どうなっていたことか……ぼく、ほんとに嬉しかったです」

瑠音は素直に礼を言った。

すると青覇は怒ったように瑠音を引き寄せる。

「青覇様？」

広い胸に収まって、じっと見上げると、青覇は厳しい顔つきをしていた。

「さっきは我慢したが、俺は怒っているぞ。どうしてあんな危険な真似をした？」

「すみません。自分でももっと他にやりようがあったかもしれないと反省してます。あの時は飛鳥のことだけで頭がいっぱいで、怪しいと思いながらも誘いを断れませんでした。ご心配おかけしました」

「まったく、おまえときたら、一瞬たりとも目が離せんな」

青覇はうんざりしたように言い、いっそう瑠音を引き寄せる。

ふたりで寝台の端に腰かけていた。すでに夜着を身につけており、あとは薄い帳を下ろして休むだけだ。

瑠音は青覇に抱き寄せられている心地よさに浸っていた。

こんなにも安心して、誰かに寄り添えるとは、今までにない感覚だ。

突然異世界に飛ばされて、飛鳥もいるし、不安でいっぱいだったけれど、青覇はいつもそばにいて助けてくれた。

最初は驚いたけれど、抱かれる気持ちよさも教えられた。

いつの間にか青覇を好きになっていた。だからこそ、玉璽を捜すためだけに利用されているのではと、不安になったりもしたのだ。

でも、今日はっきりとわかった。

青覇にとって、玉璽はそう大切なものではなかったのだ。青覇は玉璽などなくとも、堂々とこの国の皇帝になるだろう。

もちろん皇帝になれば、青覇は玉座に相応しい正妃を迎えるはずだ。

他の人間と青覇の寵愛を競うことなどできないから、その時が来たらひっそりと身を退くつもりだ。でも、今はまだ青覇のそばにいられる。

「何を考えている？」

「ええと……青覇様のことです」

「俺のこと？」

「これから即位なさるのですよね？　青覇様はどんな皇帝になるのかなって」

「何か悩んでいるのかと思えば、くだらんことを」

青覇は顔をしかめて嘆息する。

「くだらなくはないです。あの宰相をはじめ、青覇様はこの国に巣くう悪を一掃なさったのでしょう？　青覇様が心からこの国の民のことを考えておられる。そんな青覇様のそばにいられて、ぼくも誇らしいです」

頬を紅潮させて訴えると、青覇はやれやれといったように首を振る。

「とにかく、今日宰相を捕らえたことで、頭の痛い問題が片付いた。おまえには迷惑をかけるばかりだったが、これでもう玉璽のことからは解放されるだろう。あの翡翠、姉の形見なのだろう？　長い間、取り上げっ放しだったが、明日にでもおまえに返す」

「え？　翡翠、もう必要ないのですか？」

「言っただろう。玉璽は新しく作らせる。今後は壊れた玉璽に振り回されることもない」

きっぱりと名言され、瑠音は一抹の寂しさを感じた。

今まで翡翠の件があったから、青覇のそばにいることを許されていた。それが関係ないとなれば、自分の立場はどうなるのだろう？

青覇は責任感が強いから、今までどおり飛鳥のことは守ってくれるだろう。

でも玉璽のために夜伽をしていた自分は、もう必要なしになってしまうかもしれない。

「おい瑠音。おまえ、またよけいなことを考えているな？」

「青覇様……」

「馬鹿め。玉璽を捜す必要がなくなったら、自分の役目も終わってしまう。大方、そんなことでも考えたのだろう？」

「……」

心の内を見透かされ、瑠音は思わず視線を落とした。

青覇とまともに視線を合わせていると、泣きそうになってしまう。

「瑠音、おまえは何か勘違いしていないか？」

「勘違い？」

瑠音はそこでようやく視線を戻した。

青覇は青い瞳で食い入るように見つめてくる。

「俺がおまえをそばに置いたのは、おまえのことが気に入ったからだ。最初は玉璽の件で取引だと言ったが、あれも手っ取り早くおまえを俺のものにするためだ。おまえは見るからに脆弱で、あのまま黄土高原にいたら、すぐにも死んでいただろう。しかし、おまえは弱いだけではなかった。飛鳥のためなら命を懸ける勇気を持っていた。弱々しいおまえの、どこにそんな勇気があるのかと、俺は不思議だった。弱いくせに俺を相手に堂々と要求を突きつけてくる。その凛とした姿に惹きつけられた。おまえを俺のものにしようと思ったのは、この翡翠色の瞳が強い光を発していたからだ。おまえが男だろうと関係ない。この先も手放す気はないから覚悟しておくんだな」

一気に言い放った青覇に、瑠音は呆然となった。

「このまま、おそばにいてもいいんですか？」

「馬鹿め。俺のところを出て、どこへ行く気だ？　俺は飛鳥のことも気に入っている。なんなら正式に養子にしてもいいぞ。もし、ここを出ていくと言うなら、飛鳥は置いていけ」

突き放すように言われ、瑠音は慌ててかぶりを振った。

「飛鳥を置いて、ここを出ていったりしない！」

「なら、ずっと俺のそばにいるんだな？」

青覇はにやりと口元をゆるめる。

瑠音がなんと答えるか、最初から知り尽くしていたのだ。

「玉璽のことがなくても、ここに置いてください。飛鳥と一緒に青覇様のもとに……」

瑠音は羞恥で赤くなりながらも、しっかりと望みを口にした。

「おまえを手放すことはない。だから安心しろ」

青覇は力強く言って笑みを深める。

片方の腕が背中にまわされ、瑠音は再び抱きしめられていた。

幸せな気分に包まれて、また涙がこぼれそうになる。

だが、その時ふいに、身の内から疼きが突き上げてきた。

鼓動がやけに速くなり、頬だけではなく身体中が火照っている。

まさか、媚薬がまだ残っている？

宮殿に戻ってだいぶ経つし、湯浴みもしたので、もう治まったものだと思っていた。

なのに、身体の奥にまだ媚薬成分が残っていたのかもしれない。

「瑠音、どうした？」

青覇が心配そうに訊ねてくる。

「な、なんでも……ありません」

瑠音は息を喘がせながら、かぶりを振った。

青覇は媚薬を塗られたことを知らない。

けれど恥ずかしすぎて、今さらそんなことは明かせなかった。

瑠音はなんでもないように微笑んでから、さりげなく横を向いた。

「瑠音、顔を見せろ。今日は大変な目に遭ったのだ。いやなら抱かない。だが、口づけぐらいいいだろう？　さあ、おまえからしてみろ」

「あ……その」

軽く命じられ、瑠音はこくりと喉を上下させた。

キスまで断ると、よけい変に思われるかもしれない。

瑠音は覚悟を決めて、形の整った唇に、自分のそれを近寄せた。

「ん……んぅ」

軽く啄むようにキスしたが、次の瞬間青覇に頭を押さえられ、するりと深く舌を挿し込まれてしまう。

甘い口づけに、瑠音はあっという間に追いつめられた。

身体の芯が熱くなり、あらぬ場所が疼き始める。

「んぅ、ふ、んぅ」

ゆっくり味わうように口づけられて、瑠音はほとんど無意識で青覇に縋りついた。

もっとこの甘さを味わいたい。もっといやらしく舌を絡めたい。

そんな欲求が生まれ、夢中になってしまう。

「今日はやけに積極的だな。こんなに熱く口づけられると、止まらなくなるが？」

唇を離した青覇がからかうように訊ねてくる。

瑠音は真っ赤になって、顔をそむけた。

「な、なんでも、ありま、せん。う、く……あ、んぅ」

身体がどんどん熱くなり、息が乱れる。

「どうした、瑠音？　抱いてほしいのか？」

あまりにもストレートな問いに、瑠音は泣きそうになった。

でも身体はすでに最高潮に昂ぶっている。どんなに恥ずかしくとも、青覇に抱いてほしかった。

「せ、青覇……様……、あ、その……ぼくは」

「瑠音、恥ずかしがらずに、してほしいことを言え」

青覇に命じられ、瑠音は深く息を吸い込んだ。

この人が好き。心から愛している。

だから、抱かれたいと思うのは自然なことだ。

「青覇様……ぼくを……抱いてください……っ」

瑠音は恥ずかしさを堪え、しっかりと口にした。

そのとたん、精悍に整った顔に極上の笑みが浮かぶ。

「やっと言ったな。いいぞ、いくらでも抱いてやる」

青覇は瑠音を寝台に押し倒し、上からゆっくり覆い被さってきた。

性急に手が伸びて夜着を脱がされる。

しかし瑠音は、途中で青覇の腕を押さえた。

「なんだ、どうした？」

「あ、あの……今日は、ぼくが……。いつも、その……してもらってばかりだから」

瑠音は真っ赤になりながら口にした。

自分からこんなことを言うのは羞恥の極みだ。それでも瑠音は、一方的に愛されるだけではなく、自分からも何かしたかった。

「驚いたな。だが、いいぞ瑠音。おまえがしてくれるなら俺も嬉しい」

青覇の言葉で勇気を貰い、瑠音はそっと体勢を整えた。

まずは青覇に横になってもらい、恥ずかしさを堪えて下肢の間に唇を近づける。

青覇の中心は、熱くそそり勃っていた。自分のものとは比べものにならない大きさで、一瞬怖くなってしまったが、瑠音は覚悟を決めて、青覇の象徴をつかんだ。

そっと唇を寄せて、表面を舐める。

「くっ」

気持ちがよかったのか、青覇が呻き声を漏らす。

瑠音はそれで安心して、もっと大胆な行動に出た。

いきなり全部咥えようとしても無理なので、先端をそっと舐めてみる。すると窪みから少し刺激のある蜜液が滲み出てくる。

「んふっ」

瑠音は大きく口を開けて、太い先端を含んだ。

「気持ちがいいぞ、瑠音」

「うく……ふ、ん」

瑠音は夢中で奉仕を続けた。

うまくできているとは思わないけれど、青覇はさらに硬度を増していく。

だが瑠音が口淫を続けていられたのは短い間だった。

「瑠音、身体の向きを変えろ。足を俺のほうに」

「ん？　うく……っ」

問い返す間もなく、青覇に腰をつかまれて身体の向きを変えられる。

ふと気づくと、逆向きで青覇を跨ぐという恥ずかしい体勢になっていた。

「え、あ、ああっ！」

いきなり後孔を舐められて、瑠音は思わず青覇自身を口からこぼした。

そのあとはもう、一方的に愛撫を受けるだけになる。

「あぁっ……んぅ」

瑠音は淫らに腰をくねらせながら、甘い喘ぎをこぼした。

舌で潤されたあと、狭い場所に指を入れられる。

「んんっ」

青覇の手は抜け目なく前にもまわり、中心をやわらかく握られる。時折、胸の突起もきゅっと摘まれて、そのたびに瑠音は青覇の指を締めつけた。

「やあ……、もう、駄目……あ、ん、青覇、様……っ」

追いつめられた瑠音は、奔放に腰をくねらせて青覇を誘った。

すると青覇も我慢できなくなったように、中の指を引き抜く。

「瑠音、入れるぞ」

そんな声とともに腰をつかまれ、次の瞬間には、熱く滾ったものが蕩けた蕾にこじ入れられる。

「んっ！」

みっしりと奥の奥まで逞しいものが埋め込まれた。

「瑠音……おまえを愛しく思っている」

隙間なく抱かれた状態で、優しく囁かれる。

「あ、青覇様……ぼくも……青覇様が……青覇様だけが好きです」

瑠音は胸を喘がせながら、懸命に訴えた。

「瑠音、もうおまえを離さない。ずっとおまえをそばに置く」

「……嬉し、……っ、んんぅ」

「くそっ、抑えが利かぬな」

青覇は舌打ちすると同時に、激しく動き出した。

勢いよく引き抜かれたものが、いっそう強く最奥まで打ちつけられる。

「も、駄目……達、くっ！　ああっ、あ、うぅ、青覇……様っ」

瑠音はあられもなく腰を振って、淫らな嬌声を上げた。

白銀の長い髪が乱れ、額に汗が滲む。

「さあ、全部受け止めろ」

青覇はひときわ大きく腰を動かし、最奥に熱い奔流を叩きつけた。

「やあ、ああっ、あ、んんぅ！」

瑠音もいちだんと高い声を上げながら、欲望を吐き出した。

身体の隅々まで、青覇で満たされていく気がする。後ろからしっかりと抱きしめられている
のが、何よりも幸せだと感じた。

十

事件の翌日、青覇は約束どおり姉の形見の翡翠を持ち帰った。

飛鳥は仔犬の青と庭で駆けっこをしている。瑠音は庭に面した歩廊に腰かけ、飛鳥の遊ぶ様子を眺めていた。

その時、ふいに青覇が姿を現したのだ。

「長い間、取り上げていて悪かったな。これはもう返しておく」

青覇はそう言って、懐から無造作に大きな翡翠の塊を取り出す。

「ありがとうございます」

渡された翡翠はずしりと重い。

外光を浴びて、歪な形の翡翠はきらきらと輝いていた。

考えてみれば、姉が残したこの翡翠こそがすべての始まりだった。

突然、異世界に飛ばされたのも、この翡翠を持っていたからだろう。そして翡翠に秘められているという力で、自分の外見が激しく変化した。

白銀の長い髪に翡翠色の瞳だなんてあり得ない。しかも瑠音の背中には、身体を熱くした時だけ玉璽の印文が浮かんでくるというおまけ付きだ。

不思議なことばかりが起きて、不安で仕方なかった。

でも飛鳥のために頑張らなければと思った時、青覇と出会ったのだ。

「その翡翠、おまえの瞳とそっくりな色だな。姉の形見だというなら、いっそのことそれで装飾品を作ればどうだ？　腕輪ならいい魔除けになるだろうし、他にも簪や耳環、首飾り、指輪、佩飾（はいしょく）、それだけの大きさなら色々と作れるぞ」

「そんなの作りません。装飾品などぼくには必要ないです。この翡翠はこのまま置いておきます。それに、これはぼくのじゃなくて飛鳥のものですから」

瑠音は力を込めて言い切った。

青覇のほうはたいして興味もなさそうに、ふうんといい加減に頷いただけだ。

しかし、そのあとふと思いついたように言葉を続ける。

「まあ、おまえが身につけるものは、全部俺が用意するからな。翡翠だけではなく、おまえには緑柱石（りょくちゅうせき）も似合いそうだ。いや、いっそのこと、世界中から珍しい宝玉を取り寄せよう。それでおまえに似合いそうなものを作らせる」

「青覇様、何を言ってるんですか？　まだ即位もしていないのに、今からそんなことでどうするんです？　皇帝が贅沢をしすぎると、この国の民が苦しむことになるでしょう」

瑠音は極めて真面目に忠告したつもりなのに、青覇は盛大に噴き出してしまう。

「ははは、どうやら俺は尻に敷かれる運命のようだな。ははは……」

青覇があまりにおかしげに笑うので、仔犬と遊んでいた飛鳥が何事かといったように、とことこと近づいてくる。

「なあに？」

首を傾げた飛鳥に、瑠音は優しく微笑みかけた。

「これはね、飛鳥のだよ？　翡翠っていう宝玉。ママからのプレゼント」

「ままから？　ぷれじぇんと？」

飛鳥はこてっと首を傾げる。

恐る恐る母親のことを持ち出してみたが、泣き出したりしない。

飛鳥は瑠音が手にした翡翠にそっと触れてきた。

しかし、その瞬間だった。翡翠が突然強烈な光を発したのだ。

「な、なんだ、これ？」

瑠音は思わず目を眇め、そのあと慌てて飛鳥の様子を確かめた。

そして、次には大きく目を見開くことになった。

「嘘だ……。あ、飛鳥の髪が銀色に……」

「ああ、おまえと同じ色だ。それに瞳の色も変わった。それもおまえと同じ色だ」

横から青覇にもそう指摘され、瑠音はまじまじと飛鳥を覗き込んだ。

短かった髪が肩につく長さになっている。髪の色は今の瑠音と同じ白銀だ。

飛鳥は不思議そうに、パチパチと何度も両目を瞬いている。その澄んだ瞳は黒ではなく、明らかに翡翠色に変わっていた。

「飛鳥、手、熱くなかった？　大丈夫？」

翡翠の塊を青覇に預け、瑠音は小さな手を子細に調べた。だが、どこにも怪我はないようでほっとする。

「どこか痛いところはないか？」

「ううん、いたくないよ。でも、ままがいたよ」

青覇に訊かれた飛鳥は、とんでもないことを言い出す。

「ええっ、ママって、こんな短い間に夢でも見たの？」

驚きの連続で、瑠音はどうしていいかわからなかった。

とりあえず飛鳥の身体は大丈夫のようで、ショックを受けている様子もない。

「まま、というのは誰だ？」

青覇が難しい顔で訊ねてくる。

「ママというのは、母親のことです。個人名じゃなくて、一般的な呼びかけで」

「そうか。しかし、不思議なことが起きるものだ。瑠音、おまえもこちらに来た時に髪と目の色が変わったと言っていたな」

「そうです。気がついたら、こんなになってました」

瑠音はそう答えながら、白銀の長い髪をつかんだ。今では慣れてしまったけれど、最初は夢でも見ているのかと思った。

「飛鳥は今までこの翡翠に触ったことがあるのか?」

「いいえ、たぶん触ってません」

翡翠の塊は相当な重さがある。思い返してみても、飛鳥は見ていただけで触ったことはなかったはずだ。

「瑠音、おまえも、もう一度翡翠に掌を置いてみろ。飛鳥と一緒にやってみるんだ」

「はい、わかりました」

瑠音は飛鳥に手を添えて、青覇が差し出した翡翠に触れた。

「あっ!」

翡翠が再び強い光を発する。

それと同時に、姉の顔が脳裏を掠めた。

姉の雪音はこちらに両手を差し出して、寂しそうに微笑んでいる。

姉さん!

瑠音は我知らず手を伸ばしたが、姉に触れることは叶わなかった。

隣では、飛鳥も甘えるように両手を伸ばしている。姉は愛する息子をふわりと抱きしめたように見えた。

けれども、その抱擁は現実のものではない。

「まま?」

飛鳥が訝しげに呼びかけると、姉はゆっくり後ろを振り返る。そうして、人指し指で真っ直ぐに、ある場所を指し示した。

「姉さん、何か言いたいことがあるのか?」

瑠音の問いに、姉の幻影はにっこり笑って、再び同じ方向を指さす。

ふと気づくと、あたりの景色が変わっていた。崩れた城壁がそのまま放置されている。瓦礫(がれき)に埋まった場所から、かすかな光が漏れていた。

「もしかして、この場所って太極殿?」

同じような景色を前にも見た覚えがある。姉は飛鳥と自分に、あの場所へ行けと言っているようだった。

だが、じっと見つめていると、目に映っていた光景が徐々に薄れていく。姉の姿も曖昧になって、最後には夢から覚めたように現実へと戻っていた。

「今のはなんだったんだろう? 飛鳥は? 大丈夫だった?」

瑠音が呼びかけると、飛鳥はすぐに顔を上げる。

「るねぇ、ままいたよ」

舌足らずに訴える飛鳥を瑠音はさっと抱きしめた。

あどけない顔には涙がひと粒光っている。でも、飛鳥の表情は寂しげには見えなかった。たとえ幻影だろうとママに会えて嬉しかったのだろう。

瑠音はひとつ息をついて、青覇に眼差しを向けた。

「青覇様、ぼくたちを太極殿にお連れください。もうひとつの翡翠がある場所、わかった気がします」

「もうひとつの翡翠の在り処がわかったのか？」

瑠音の言葉を聞いて、青覇はすぐにたたみかけてきた。

「飛鳥と一緒なら見つけられると思います。あ、この翡翠も持っていきましょう」

「おそらくおまえたちは、玉璽に刻まれた文字を半分ずつ分け合っていたのだ。飛鳥、俺に背中を見せてみろ」

青覇は何か確信したように、飛鳥の深衣の衿元をゆるめた。

上から一緒に覗くと、青覇の言葉どおり、小さな背中いっぱいに薄赤い文字が浮かび上がっている。

「やん、くしゅぐったいの」

「ああ、悪かった。もういいぞ、飛鳥」

ゆるめていた深衣から手を離した青覇は、表情を改めて再び口を開いた。

「今すぐに出かけられるか？　この翡翠を持ち、飛鳥も一緒に連れていく」

「はい、すぐ確かめに行きましょう」

†

瑠音は飛鳥とともに太極殿へと向かった。

玉璽が紛失したことは、もともと重臣のみが知る情報だ。秘密を守るため、供をするのはごく少数の兵たちだ。万一何か起きたとしても、黒龍軍でも最強との呼び声が高い青覇がついている。

その青覇は、飛鳥を軽々と肩に乗せて進んでいく。

飛鳥は視界の高さを喜び、きゃっきゃっとはしゃいだ声を上げている。

端から見ると、仲のよい父子といったところだ。

現場に到着し、飛鳥を下ろした青覇は翡翠を取り出した。

「瑠音の説明ではわかりにくかった。ふたりでもう一度これに触れてみろ」

言われたとおり、瓦礫の山のどこに翡翠が埋まっているのか、わからない。

「飛鳥、一緒に触るよ？」

「るねといっちょに？」

飛鳥は一連の行動を遊びだととらえているのか、嬉しげに頷く。

瑠音は小さな手を取って、翡翠の表面に触れた。

「やっぱり光った」

「わあ、しゅごい、しゅごい」

飛鳥は手を叩いて喜んでいる。

瑠音は次に訪れるはずの光景を静かに待ち受けた。

真っ白な光が収まると、徐々にあたりの光景が曖昧になる。そしてフィルターがかかったような視界の中で、一箇所だけ輝いているところがあった。

今回、姉の幻影は出てこなかったが、失われた玉璽の半分が埋まっているのは明らかだろう。

「青覇様、あそこです」

瑠音は確信を持って、青覇を導いた。

城壁が崩壊し、瓦礫が山のように積まれた一角だ。

「ああっ」

注意していたつもりなのに、足を乗せた瓦礫の一部が崩れる。

だが、すかさず青覇の手が伸びて、しっかりと支えられた。

「気をつけろ」

「すみません」

そう謝りつつ、瑠音は足元に視線を落とした。

崩れた瓦礫の中から、緑色の石が覗いている。

「青覇様、そこに……」

瑠音は声を震わせながら、一点を指さした。

青覇がゆっくり腰をかがめ、瓦礫に埋まっていた翡翠の塊をつかみ取る。

「間違いない。これは玉璽の片割れだ」

「よかった」

瑠音は大きく息をついた。

青覇が掌に載せた翡翠は、姉の形見と対照的な形をしている。飛鳥が待つ場所まで戻り、青覇はふたつの翡翠を合わせた。ぎざぎざの凹凸がぴったりと吸いつくように合わさる。

そのせつな、完全体となった翡翠が再び輝きを発する。

青覇のそばで、瑠音は飛鳥の手を握りながら立っていた。翡翠から発した光は、三人をやわらかく包み込んでいる。

「あ……」

何故か背中に熱を感じて、瑠音は小さな声を漏らした。それと同時に、握っていた飛鳥の手がぴくりと動く。

次には背中で感じた熱が、すうっと離れていくのを覚える。

異変に気づいたのは青覇だった。

「玉璽の印文が戻ったぞ」

「え？」

「見てみろ、これを」

青覇に言われ、瑠音は翡翠の玉璽を注視した。

なめらかで何もなかった表面に、今はしっかりと文字が刻まれている。

不思議なことに、玉璽の印文が元に戻ったのだ。

割れ目はすでになくなっていた。翡翠の玉璽は元からひとつの物であったかのように存在している。

「瑠音、それに飛鳥。おまえたちに出会ったのは、天運によるものだったようだ。これにて我が定めも明らかとなった。俺の即位に憂いはいっさいない。瑠音、これからもそばにいて、俺を支えてくれ。我が命運が尽きるその時まで、ずっとだ」

真摯な言葉に、瑠音は胸を熱くしながら、しっかりと頷いた。

「はい、青覇様……。ぼくはずっと青覇様のそばにいます」

青覇は晴れ晴れとした表情で、瑠音を抱き寄せた。

「おまえもだぞ、飛鳥。瑠音と一緒にずっと俺のそばにいるんだ。いいな？」

「あい、しぇいはしゃま」

飛鳥は誇らしげに答え、青覇は笑みを浮かべてその飛鳥の頭をいつまでも撫でていた。

†

異世界の地に下り立って、半年余りの日々が過ぎた。

そして今日は、昴国の新皇帝即位の儀が執り行われている。

真っ青に晴れ渡った空の下、太極殿前の広場には、大勢の臣下がずらりと並んでいた。その数は一万人ほど。他にもまだ祝いに駆けつけた者たちがいて、太極殿の城門から溢れていた。

長身の青覇が姿を現すと、歓声が怒号のように響き渡った。

新帝崔青覇は冕服(べんぷく)と呼ばれる黒と銀で仕立てた礼装を着て、前後に十二ずつ旒(りゅう)を垂らした冕冠(べんかん)を被っている。

誰よりも立派で威風堂々とした立ち姿に、瑠音は胸を高鳴らせた。

瑠音が立っているのは、新帝の斜め後方に当たる場所だ。白地に金糸で刺繍(ししゅう)を散らした深衣は、婚礼に臨(のぞ)む花嫁のような雰囲気を醸(かも)し出していた。

瑠音の隣には、冠を被った飛鳥も興奮気味に頬を赤くして立っている。

玉璽を発見したことで、もしかしたら元の世界に戻ってしまうかもしれない。

そんな疑念もあったのだが、瑠音と飛鳥は今でもこの世界の住人として生きている。

そして男であるにもかかわらず、瑠音は新帝の正妃に迎えられたのだ。

今はまだ公表していないが、青覇は長くても五年で兄の鳳青に皇位を譲るつもりでいる。奸臣（かんしん）を一掃したあとは、兄を補佐していくほうがいいと判断してのことだ。

しかし瑠音は青覇が自分たちに気を遣ってくれたのだろうとも思っている。皇帝の正妃として後宮で暮らしていくのは窮屈だからだ。もちろん青覇自身も堅苦しいことは嫌いなので、本音としてはさっさと逃げ出したいだけなのかもしれない。

新帝崔青覇が右手を天に翳（かざ）すと、広場はいっそう歓喜の声に包まれる。

そして瑠音は、愛する青覇の気品溢れる姿を、涙とともに見つめ続けていた。

— END —

あとがき

【傲慢な皇子と翡翠の花嫁】をお手に取っていただき、ありがとうございます。中華風の異世界に甥っ子と一緒に転移しちゃったというお話でしたが、いかがだったでしょうか？

主人公はごく普通の大学生。なので特別な力はありません。でも甥っ子のために頑張ります。攻め主人公の青覇はタイトルどおりに傲慢なところもありますが、逆に言えばすごく頼りになる旦那様といったところですね。ページ数に余裕があれば、現代日本と異世界文化の違いなど、もっと色々書きたかったのですが、そこは恋愛重視ということで断念。雰囲気のみ楽しんでいただければ幸いです。

イラストはＣｉｅｌ（シエル）先生にお願いしました。ものすごくかっこいい青覇ときれいな瑠音、可愛い飛鳥と仔犬の青、どのシーンも素敵で感動です。本当にありがとうございました。

担当様、そして本書の制作に携わってくださった方々も、ありがとうございました。

最後になりましたが、いつも応援してくださる読者様、本書が初めてという読者様にも、心より御礼を申し上げます。ありがとうございました。ご感想や、ご意見などお待ちしておりますので、よろしくお願いします。そして、また次の作品でもお会いできれば嬉しいです。

秋山みち花　拝

2018 in Japan

初出一覧

ダリア文庫をお買い上げいただきましてありがとうございます。
この本を読んでのご意見・ご感想・ファンレターをお待ちしております。

〒170-0013 東京都豊島区東池袋3-22-17　東池袋セントラルプレイス5F
(株)フロンティアワークス　ダリア編集部
感想係、または「秋山みち花先生」「Ciel先生」係

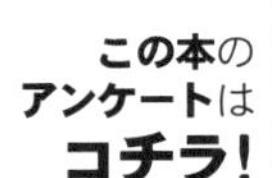

http://www.fwinc.jp/daria/enq/
※アクセスの際にはパケット通信料が発生致します。

傲慢な皇子と翡翠の花嫁

2018年9月20日　第一刷発行

著　者
秋山みち花
©MICHIKA AKIYAMA 2018

発行者
辻 政英

発行所
株式会社フロンティアワークス
〒170-0013 東京都豊島区東池袋3-22-17
東池袋セントラルプレイス5F
営業　TEL 03-5957-1030
編集　TEL 03-5957-1044
http://www.fwinc.jp/daria/

印刷所
中央精版印刷株式会社